# 曾許諾

卷四 桃花落，生別離（終曲）

桐華 著

# 曾許諾

卷四 桃花落，生別離（終曲）

## 目錄

# 第三十章 誓將碧血報國恨

阿珩的叫聲未落，突然山口轟然炸開，
火焰沖天而起，岩漿隨著濃煙噴出。
在天劫前，所有生靈都如渺小的螞蟻，
只是剎那，一切都灰飛煙滅，連一絲痕跡都沒有了。

青陽的婚禮之後，阿珩向黃帝辭行。黃帝殷勤地問起青陽的傷勢，又一再叮嚀阿珩照顧好青陽，讓青陽不要著急，把傷徹底養好。

阿珩早知黃帝會如此叮囑，經過千年經營，青陽在軒轅國內的勢力就像臥虎，如今再加上歸順的神農族，如虎添翼，如果青陽身體健康，黃帝才要發愁，如今青陽有傷，不能參政，正好可以防止兵權過於集中於青陽手中。

軒轅百官恭送阿珩出城，一路之上都是恭維巴結，夷彭沉默地走在人群中，全不在意，阿珩心情很沉重。帝王之術不過是平衡和制約，隨著后土的歸順，青陽在軒轅族內的勢力已經太大，黃帝肯定會用夷彭來平衡和制約青陽，而夷彭一旦掌權，必定一門心思只想報仇。

等阿珩到五神山時，少昊已經等在角樓上，小夭未等雲輦停下，就伸著手，不停地叫：「爹爹，爹爹！」

少昊索性雙臂一探，化作兩條水龍把小夭捲了過來。小夭立即開始訴苦告狀，什麼顓頊欺負她，不相信高辛比軒轅美麗一千倍，什麼有個假爹爹騙她，幸虧有個紅衣叔叔打敗了假爹爹，原來假爹爹竟然是隻漂亮的白狐狸，有九條尾巴，阿獙都怕牠呢。

「那是世間最善於變幻的九尾白狐——狐族的王，不管神力再高強，都看不破他的幻術。」少昊柔聲給小夭解釋。

小夭掏出一小截毛絨絨的狐狸尾給少昊看，毛色潔如雪，輕如雲，十分美麗，「這是紅衣叔叔送給我玩的，顓頊那個大壞蛋也想要，可我偏不給他。」

少昊笑著說：「那妳收好了，這是九尾白狐的尾巴，雖然只是一小截斷尾，也有很多人夢寐以求。」

小夭拿著尾巴掃來掃去，隨口「嗯」了一聲。少昊把小夭交給宮女，讓宮女帶王姬去洗漱。他和阿珩邊行邊談，阿珩把軒轅國內發生的事情都和少昊說了一遍。少昊聽完後，尤其仔細詢問了后土歸降的事情。

等把阿珩送到寢宮，少昊對阿珩說：「妳們先回去休息，我還有事要處理。」

少昊祕密召見了安容，詢問他對現今大荒局勢的看法。

安容語氣沉重，「軒轅少水，一半國土是戈壁荒漠，黃帝麾下缺乏善於水戰的大將，唯一善於水戰的應龍自澤州水難後就下落不明，黃帝請我們出兵幫助他圍剿共工，許諾把神農族南面的土地給高辛，看似是我們撿了個天大的便宜，可如果神農被剿滅，下一個就是高辛。」

少昊把一厚疊奏章推到安容面前，「難得你是個明白人，這些奏章全是請求我幫助黃帝圍剿神農餘孽，一份比一份措辭激烈。」

安容苦笑，「人們看到豺狼為了隻兔子身陷獵人刀下而笑，卻不知道自己一直都是貪婪愚蠢的豺狼。」

「那你有什麼應對之策？」

「表面上答應黃帝，實際上加強訓練軍隊，為有朝一日和軒轅的戰爭做準備，共工和祝融都不是黃帝的對手，只能寄望於蚩尤和黃帝之間的戰爭，希望即使黃帝勝利了，也是慘勝。」

少昊不禁笑起來，「你的分析十分對，只不過我們不能只希望蚩尤令黃帝慘勝，而是就要蚩尤令黃帝慘勝，甚至兩敗俱傷。」

看到少昊的胸有成竹，安容激動地差點跳起來，這才是令他死心追隨的少昊！但是怎麼才能做到呢？高辛不可能出兵去幫助神農。

「臣愚鈍，不明白陛下的意思。」

少昊說：「這件事我早有安排，你和安晉只要專心訓練好士兵，為將來保衛高辛而戰。」

安容跪下磕頭，「聽憑陛下驅遣！」

青陽大婚後，黃帝開始重新部署軍隊，準備討伐拒不投降的神農殘部。他暫時不想和蚩尤正面交鋒，因為一旦軒轅受挫，不但會令軒轅士氣大損，還會令歸降不久的神農軍心動搖。左右權衡後，黃帝決定先集中兵力討伐祝融。祝融是血脈最純正的神農王族，只要他再投降，對神農殘部的士氣打擊肯定極大。

深思熟慮後，黃帝決定派昌意領軍出征。

因為澤州大水，應龍下落不明，妖族兵心不穩，肯定不能派妖族的將軍出征。只能由神族大將率領神族和人族出戰，離朱和象罔兩位將軍在和共工對峙，軒轅休和蒼林在澤州駐守，最適合出征的是夷彭，可夷彭和祝融有殺兄之仇，黃帝現在需要的是祝融投降，而不是和祝融死戰，派夷彭領軍顯然不合適，所以只剩了昌意，黃帝當年積極促成昌意和昌僕婚事的重要原因就是看中了驍勇善戰的若水戰士。

黃帝的旨意送到若水後，昌僕知道昌意討厭戰爭，詢問昌意是否要退回旨意，「我尋個理由拒絕了，父王即使生氣，也不能拿我怎麼樣。」

昌意卻說：「不，我準備領兵出征。」

昌僕很是意外，卻立即明白了昌意的想法。自青陽逝世後，一直是阿珩在苦苦籌謀，支撐著整個家，昌意不想靠妹妹來保護自己和母親，他要去戰場上，用實力來保護家人。

昌意握住昌僕的手，說道：「大哥若還在，妳可以拒絕父王，但大哥已經不在了，妳不能再輕易拒絕父王，父王對妳的容忍就是因為妳身後的兵力，妳對他有用，可不聽話的妳對父王而言沒有任何用，他可以隨時再……再找一個聽話的人。」

昌僕心頭一陣溫暖的悸動，原來，他更是為了她！昌僕依到了昌意懷裡，「那我和你一起去。」

「好！」昌意笑摟住昌僕。

經過周密部署，昌意和昌僕決定採用偷襲閃電戰，共同帶領兩百神族將士、一萬若水勇士悄悄出發。

軒轅和神農的東南交界群山連綿，在大荒人眼中是難以通行的天塹，可若水就是一個山連著山的地方，若水的男兒七八歲時就和猿猴比賽著在懸崖峭壁間攀援。

一萬人化整為零，分成了十組，藏匿入深山大壑，翻越了從沒有人翻越過的山脈，潛入了祝融大軍的駐紮地——洵山，和駕馭坐騎提前潛入的兩百神族將士會合。

率領神族士兵的岳淵提議大軍休息一晚，昌意說：「隱藏兩百神族士兵的蹤跡也許可以做到，但隱藏一萬若水士兵的蹤跡卻不可能，我們翻越崇山峻嶺的目的就是為了出其不意、攻其不備。」

不顧日夜潛行的疲憊，昌意下令立即偷襲祝融，由於他們的出現太突然，偷襲奏了奇效，祝融四萬多人的軍隊竟然難抵昌意率領的一萬人，大軍潰敗，只有不到一萬人逃入了洵山。

在閃電偷襲中，神農陣亡兩萬多，投降八千，若水只損傷了一千多人，其中一百多人還是在翻越大山的路上不幸掉下懸崖。這樣的大捷創造了一個奇蹟，以至於很多年後，人們一提起若水男兒，就會想起他們可怕的偷襲戰術，在民間的傳說中，不論多高的山、多深的水都擋不住若水男兒的腳步。

軒轅大捷的消息迅速傳遍大荒，軒轅歡呼雀躍，少昊卻心情沉重，他並沒有對祝融寄望，但是沒想到會這麼容易，現在黃帝已經狠狠敲打過了祝融，挫其銳利，令其膽喪，後面該用懷柔手段，施恩誘降，對黃帝來說這才是他最擅長的事情。

果然，不出少昊所料，昌意和昌僕奉命駐軍洵山下，不再繼續進攻，祝融祕密會見黃帝的使者，商議各種條件，安排投降儀式。

自從昌意出征，阿珩就一直密切關注，直到聽聞祝融已經決定投降，她才鬆了一口氣。好長時間都沒有好好陪小夭玩過，現在諸事安定，阿珩帶著小夭去琪園遊玩，因為峰頂有天然的冰泉，小夭畏熱，最喜歡在冰泉裡戲水。小夭像所有的高辛孩子一樣，自小在水裡泡著長大，水性十分好，不停地爬上岸，再猛跳進去，玩得不亦樂乎。

「娘，這水更冷了。」小夭浮出水面，歡喜地大叫大嚷。

阿珩隨意探了下水，笑道：「妳這麼怕熱，真應該在軒轅住著，軒轅如今都要下雪了。」阿珩想到漫天雪花，酸酸甜甜的冰椹子，頓起了思鄉之情。

小夭聽母親講述過堆雪人、打雪仗，無限神往，可想到顓頊，做了個嫌惡的表情，「哼！我才不要和顓頊玩！」撲通跳進水裡，自顧自玩去了。

烈陽站在樹梢頭，對阿珩說：「是變冷了。妳們雖是神族，可對天地靈氣的感覺還不如植物，妳仔細看看岸邊的樹木，都有些不對。」

阿珩說：「哪裡可能年年恆定不變？天氣偶有變化也很正常。」

烈陽不屑地冷哼，「我會分不清正常和異常嗎？告訴妳，是地氣異常！」

阿獙四爪撥著水，尾巴一上一下，拍打著水面，表示同意烈陽。

沒有人知道為什麼，可在地震海嘯這樣的天劫前，最先察覺異樣的往往是動物和植物，而不是號稱靈力最強大的神族，阿珩警惕起來，「是什麼異常？」

烈陽說：「我的鳳凰內丹性屬火，和天地間的火靈息息相通，這幾天周圍的火靈波動很異常，不過不在五神山，所以我也只是說不清道不明的微妙感覺。」

火靈？阿珩立即想到祝融，心裡湧起了很不祥的感覺。她叫來宮女，囑咐她們帶小夭回承恩宮。

「烈陽，我們去大陸，你仔細感受一下火靈究竟在怎麼變化。」

阿珩、阿獙和烈陽一路向西，飛過茫茫大海，到了大陸之上，烈陽吐出鳳凰內丹，仔細感受著火靈，牠一會飛入高空，一會鑽入地底，阿珩和阿獙在一旁等候。

半晌後，烈陽飛回，對阿珩說道：「應該是神族的高手在布置法陣，引發了靈氣異動，地下的火靈都在向一處匯聚。」

「為什麼不可能是妖族？也許有大妖怪在練功。」

烈陽冷笑，「鳳凰生於烈焰、死於烈焰，哪個妖怪敢在我面前調集火靈？」

「火靈向哪個方向匯聚？」

「那裡。」烈陽指向神農國的方向，「布陣的神族非常小心，只從地底深處調用地火之靈，其他火靈一概沒用，所以很難察覺。」

「他要這麼多的地火做什麼？」

烈陽凝神想了一下，「見過火山爆發嗎？」烈陽手指一點，地上出現一堆熊熊燃燒的大火，「火山爆發時，地動山搖，天地化做火海，就算神力高強的神族也就像這堆火焰上的螞蟻。」

祝融駐軍洵山，如果洵山被引爆，那麼四哥和四嫂……阿珩毛骨悚然，立即撕下半幅衣袖，咬破食指，匆匆寫下血書，交給烈陽，「立即趕往軒轅城，把這份信交給我父王，用你最快的速度！」

烈陽也知道事態緊急，二話不說，立即飛往西方。

阿珩心慌意亂，腿都發軟，狠狠地掐著自己，方能鎮靜地思考。五行相剋，水剋火，雖然祝融的法陣將成，可高辛國內正好多水靈高手，只要少昊願意幫忙，應該能化解這場浩劫。

阿珩匆匆趕回五神山，去找少昊，少昊正在和幾位密臣議事，說到日漸強大的軒轅遲早有一日會攻打高辛，都心情沉重。

侍衛攔阻阿珩，示意她不得進入，在外面等候議事完畢。阿珩推開侍衛，徑直衝向大殿，侍衛們紛紛阻擋。

少昊聽到喧鬧，抬頭看向外面，看到阿珩與侍衛打在一起，少昊看了眼身邊的近侍，他忙過去，喝止了侍衛。

「請問王妃何事？」近侍行禮恭問。

阿珩直接奔到少昊的御座前，雙膝跪下，倒頭就拜。

少昊看她衣袖殘破，半隻胳膊都裸露在外，裙上又有血跡，忙走下王座，要扶她起來，這才發覺阿珩雙手冰涼，「到底什麼事？」

阿珩緊緊抓著他的手，指甲都要掐進他的肉裡，就像是將要溺水之人抓著的一根浮木，「求你出兵，救我四哥一命。」

少昊不解，將軍安晉性子直，說道：「昌意大捷天下皆知，即使有人要死，也是祝融死，輪不到軒轅的王子。」

「烈陽剛才發現地底的地火之靈都在向洵山的方向匯聚。」

「那會怎麼樣？」安晉仍然沒有反應過來。

少昊卻已經明白，洵山山脈火靈充沛，祝融打算匯聚地火，將它變作一座火山，火山一旦爆發，就是難以抵抗的天劫，到時候沒一個人能逃脫。

季厘也明白了，說道：「這怎麼可能？祝融怎麼可能做這種自取滅亡的事情？他若引起火山爆發，他也逃不了，王妃只怕誤會了，他是不是想以此作要脅和黃帝提更多的條件？」

少昊不吭聲。貪婪、小氣、嫉妒這都是小節，背叛自己的國家和族民卻是大義。小節盡守者不見得有大義，就如同那些高辛殿堂上日日說著禮儀規矩的臣子，看似一舉一動都高風亮節，可也許他們將來會第一個投降黃帝；而小節不保者卻不見得會失大義，就如那些每日裡對蠅頭小利斤斤計較，為了貪一點小便宜就不惜偷盜放火的市井小民，真到危難之時，他們很有可能不惜以身殉國。

阿珩看少昊不說話，求少昊，「我已經給父王送信，求他立即派兵前去救助四哥，可道路太遠，一去一來再快也要一夜一日，高辛卻很近，又多水靈高手，只要現在立即發兵，一日就可以趕到洵山，破掉祝融的陣法。」

少昊低頭沉思，半晌沒有說話，今日他若救了軒轅，他日軒轅攻打高辛時，誰來救高辛？

安容猜到少昊的心思，高聲說：「高辛不能派兵！」

季厘溫和一點，婉轉地說：「明明知道火山要爆發，如果高辛派兵，不是讓高辛士兵去送死嗎？」

阿珩忙道：「這麼大的陣法，祝融現在人手不足，又倉促而就，肯定有弱點，水剋火，只要我們立即進攻，以相剋優勢瞬間奪取勝利，死傷會很低，我會跟隨軍隊同往，保證第一個進攻，最後一個撤退。」阿珩緊緊地抓著少昊的手，仰頭望著少昊，用自己的生死向少昊請求借兵。

少昊還是沒有出聲，安容說道：「王妃，您也該知道高辛不比軒轅，已經建國幾萬年，法令規矩明晰，即使貴為君王也不是想發兵就能發兵，若讓那些神族士兵知道他們前往的地方就要火山爆發，他們肯定不會同意，他們的家族將來也不會敬服拿他們性命開玩笑的君王。」

阿珩盯著少昊，珠淚滾滾而下，「我知道各國的神族軍隊都十分珍貴，你不能為一個女人的請求冒險發兵，何況我與你之間並無情分，可我求你，求你看在我大哥和你的情分上，借我一支軍隊，我保證安全帶他們回來。」

安晉譏嘲道：「妳保證他們的安全？妳這個婦人上過戰場沒有？妳知道戰場長什麼樣嗎？妳拿什麼去保證高辛士兵的安全？」

季厘嘆氣搖頭，「妳連這個殿堂上最忠心於陛下的將軍都說服不了，何況各族的族長和大臣呢？」

其他兩位將軍也都搖頭否決，紛紛對少昊說絕不能派兵去送死。安晉得到眾人贊成，更是大聲地反對，對阿珩咄咄相逼。

阿珩想到四哥生死一線，悲憤焦急下霍然站起，拔出安晉腰間的佩刀，揮刀砍下，安晉急忙閃避，只見一股鮮血濺起，飛上了安晉的臉頰，阿珩左手的小手指已經不見，鮮血汩汩而流，她問安晉，「我可以保證了嗎？」

安晉未料到一直看似柔弱的王妃竟然如此烈性決絕，呆看著阿珩。安容想說什麼，可被阿珩的眼神一懾，竟然沒說出口。季厘和另外兩位將軍也被震得啞口無言，再不反對借兵。

少昊急忙去抓阿珩的手，想要替阿珩止血。阿珩推開他的手，跪倒在他腳下，哀聲乞求，「求你借我一支兵。」

少昊只覺心在抽痛，臉色發白，「妳何必如此？先把血止了。」他何嘗不想答應阿珩，可他是一國之君，今日他的一個應諾，對他沒有任何損傷，將來卻要幾十萬高辛的無辜百姓用性命去償還。

阿珩看他遲遲不肯答應，心中焦急，厲聲質問：「是誰說過『從今往後，我就是青陽』？我大哥寧願自己死，也絕不會讓人傷害到我們。」

青陽……少昊身子一顫，胸肺間一陣冷、一陣熱，好似又回到了青陽死時的痛苦絕望。他比任何人都希望自己能答應阿珩，他甚至不敢張口，他怕只要一張口就會同意阿珩的要求。他的手緊緊地握成拳頭，克制著自己的衝動。他今日不救軒轅，將無顏再去見水晶棺中的青陽，自己都憎厭自己的忘恩負義，可如果救了軒轅的軍隊，他沒有辜負自己，卻辜負了不惜以身犯險、身入敵營的諾奈，辜負了一腔熱血追隨著他的安容、安晉，辜負了他的臣民，將來會有無數高辛百姓流離失所，生不如死。

阿珩看少昊唇角緊抿，一聲不吭，不禁淚如雨下，不停地磕著頭，磕得咚咚響，「你答應過我大哥什麼？是我的四哥昌意啊！你看著他出生長大，他自小叫你『少昊哥哥』，把你看作自己的親哥哥，他小時候，你抱著他玩，他學的第一招劍法是你所教。」

少昊一動不動，面無表情，看似平靜，可袖中的手因為靈力激蕩，已經從指甲中涔出鮮血，滴滴落下，恰落在阿珩的血中，竟無人注意。

阿珩磕得額頭都破了，少昊依舊只是冰冷沉默地站著，阿珩終於死心，站了起來，淒聲說道：「少昊，我大哥絕不會原諒你！從今而後，千年情分盡絕！」

她轉身向外奔去，口中發出清嘯，躍上阿獙的背，沖天而起，剎那間就消失不見。

高辛以白色為尊，大殿的地磚全是白色玉石，紅色鮮血落在白色的玉石上分外扎眼。

少昊呆呆地看著那點點滴滴的鮮紅。

「陛下。」季厘剛想說話。

「都出去！」少昊揮了揮手，聲音冰冷低沉，沒有任何感情。

當他們恭敬地退出了大殿，隔著長長的甬道，看到寬敞明亮的大殿內，少昊依舊一動不動地站著。

少昊怔怔地看著阿珩滴落的鮮血。

本以為，天長地久，水滴石穿，總有一天，他會等到她回頭，看到有個人一直守在她身邊，也許到那時，她會願意真正做他的妻，可是，又一次，他親手把她遠遠地推了出去。

白玉之上，她的鮮血，點點緋紅，好似盛開的桃花。

少昊心中忽地一動，這天下還有一個人縱情任性，無拘無束，不管不顧！

他匆匆忙忙地翻找出一方舊絲帕，用指頭蘸著阿珩的鮮血，模仿著阿珩的字跡，匆匆寫了一封求救的信。

信成後，他卻猶豫了，真的要送這封信嗎？這一送，也許就是徹徹底底地斬斷了阿珩和他的牽絆，這一送，也許就是讓阿珩和蚩尤再續前緣。

他眼神沉寂，猶如死灰，可短短一瞬後，他就叫來了玄鳥，沉重卻清晰地下令：「把信立即送到澤州，交給蚩尤。」

第二日清晨，阿珩趕到了洵山，正在山裡潛行，有羽箭破風而來。

她隨手一揮，羽箭反向而回，一個人急速地攻到她身前，晨曦的微光照到匕首上，濺出熟悉的寒芒。

阿珩忙叫，「嫂子，是我。」

昌僕身形立止，「妳怎麼在這裡？」待看到阿珩衣衫殘破，身上斑斑血跡，驚訝地問，「發生什麼事情了？」

阿珩說：「先別管我，我有話單獨和妳說。」

昌僕命跟隨她巡邏的士兵先退到一邊去，阿珩問：「祝融約定了什麼時候投降嗎？」

「就是今日，昌意已經去受降了。祝融要父王給他一個比后土更大的官職，日後的封地也一定要比后土更多，父王全答應了，他還要求父王來這裡親自接受他的投降，這條父王拒絕了，不過答應等他到軒轅城，一定舉行最隆重的儀式歡迎他。」

阿珩臉色發白，昌僕問：「究竟怎麼了？」

「祝融不是真心投降，他是用投降來誘殺你們。」

昌僕笑道：「這個我有準備，所以我才特意沒有和昌意一起去，方便一旦發生變故，隨時接應。」

阿珩神色哀傷，「祝融設置陣法調動了地下的地火，他會引火山爆發，所有人同歸於盡。」

昌僕的口驚駭地張著，一瞬後，她轉身就跑，阿珩立即拉住她，「千萬別亂，一旦被祝融知道我們已經知道了，他會立即發動陣法。」

昌僕身子在輕輕地顫，「即使要死，我也要和昌意死在一起。」

阿珩拍著她，「我明白。妳去找四哥，讓四哥告訴祝融，父王突然改變了主意，決定親自來接受祝融投降，今日傍晚就到。」

「祝融會信嗎？」

「欲令智昏！父王讓神農國分崩離析，祝融想殺父王的意願太強烈，這會讓他失去理智的判斷，妳要盡量拖延，拖延一時是一時。我昨日已經給父王送了信，以烈陽的速度，父王半夜就能收到，父王肯定會星夜派兵，只要能拖延到傍晚，軒轅的救兵就會趕到。」

昌僕不愧是聞名大荒的巾幗英雄，一會的工夫就已經鎮定，恢復了一族之長的氣度，「我和昌意原本的商議是，他率領一百神族士兵和五千若水戰士去接受祝融投降，剩下的神族將士和若水戰士跟隨我駐守這裡，萬一有變，我隨時帶兵接應。現在的情形下，昌意帶走的人不能輕動，否則祝融會立即發動陣勢，只能盡量先保全這裡駐紮的戰士，我去和昌意盡量拖延住祝融，等待父王救援，妳帶這裡駐紮的士兵立即撤退。」

昌僕說完把兵符交給阿珩，就要離開，阿珩拖著昌僕，猶豫了一下說：「其實還有個方法，就是妳和四哥現在就坐四哥的坐騎重明鳥悄悄離開，派一個靈力高強的神族士兵扮作四哥的樣子設法糊弄住祝融，雖然瞞不了多久，可也應該足夠你們遠離。」

昌僕平靜地說：「可五千若水男兒卻走不了，我在老祖宗神樹若木前敬酒磕頭後帶著他們走出了若水，如果他們不能回去，我也無顏回去。妳四哥也不會拋下一百名軒轅族士兵獨自逃生。」昌僕重重地握了握阿珩的手，「這裡的士兵就拜託妳了。」說完，立即轉身而去。

阿珩拍了拍阿獙的頭，喃喃說：「我就知道四哥四嫂肯定不會接受第二種方法。我若讓你走，你肯定不會答應，我是不是不應該再囉嗦了？」

阿獙點點頭。

「也好，反正烈陽不在這裡，如果我們……至少烈陽還可以撫養小夭長大，就是不知道這傢伙教出來的小夭會變成什麼樣子。」

阿獙的頭輕輕地蹭著阿珩的手，眼中有笑意。阿珩也笑了，頭挨著阿獙的頭，眼淚滾了下來，低聲說：「謝謝你。」生死相依、不離不棄說說容易，可真能做到的又有幾個？青陽和少昊的千年情誼也終究是抵不過少昊的江山社稷。

阿珩拿著兵符去了營地，並沒有告訴他們實情，只召集了兩個領兵的將軍，命他們立即帶兵悄悄撤退，全速行軍，中途不許休息，若違背軍令者立斬。

阿珩又召集了一百名軒轅族的神將，命他們四處生火造飯，做盡可能多的木頭人，給它們穿上衣服，用靈力控制它們四處走動，營造出全營帳的人都心情愉快，等待著晚上歡慶戰役結束。

一個多時辰之後，看太陽已快要到中天，阿珩把一百名神族將領祕密聚攏，本不想告訴他們實情，怕他們驚慌失措，可實在不知道該如何下令，看到他們一個個朝氣蓬勃的容顏，想到他們也有父母家人，她突然不想隱瞞了。

「如今我們站立的地底深處全是地火，只要祝融發動陣法，火山會立即爆發，千里山脈都會噴出大火，灼熱岩漿能把石頭融化，你們的坐騎再快也逃不掉。」

一百個神族士兵的臉色全變了，眼中滿是驚駭畏懼。

「我清晨告訴了昌僕，說她可以提前離開，她告訴我即使她活下來也無顏去見若水男兒的父母家人，她選擇了留下，和我四哥一起在拖延祝融。我雖然拿著兵符，可我不覺得我有權力讓你們去送死，如果你們想走，請現在就走。」

眾人默不作聲，面色卻漸漸堅定。

一個眉目英朗的少年說道：「王姬，您難道忘記了軒轅族是以勇猛剽悍聞名大荒嗎？我們可是黃帝親手挑選的精銳！我們還有五千一百個兄弟留在這裡，如果我們獨自逃了回去，別說黃帝不會饒我們，就是我們的家族也會以我們為恥。您發布號令吧！」

阿珩凝視著這些男兒，第一次真正體會到了自己和他們身上流動的軒轅血脈，因為同一血脈而休戚相關、生死與共，她壓下澎湃的心潮，說道：「這麼大的陣法，祝融無法靠自己一個的靈力，一定有其他人在幫他，你們的任務就是找到他們，殺了他們！陣法已成，這樣做並不能破解陣法，可能減少陣法發動時的威力，那些正在撤退的士兵也許就能多活一個。」

她問剛才朗聲說話的士兵：「你叫什麼名字？」

「末將岳淵。」

「岳淵，我沒有學過行兵打仗，你來決定如何有效執行。」

「因為不知道藏匿地點，只能盡量擴大搜索面積，兩人一組，各自行動。」

「好，就這樣！」

一百士兵跪下，岳淵從戰袍上撕下一塊，匆匆用血寫了幾行字，交給阿珩，「如果我再走不出洵山，麻煩王姬設法把這個交給我的父親。」其他人見狀，也紛紛效仿。沒有一個人說話，只有一種沉默的大義凜然、視死如歸。

阿珩含著眼淚，脫下外衣，把所有的血書仔細裹在外衣裡，綁在了阿獙身上，「這是我的母后用雜著冰蠶絲織成的衣袍，火燒不毀，我現在要趕去見我四哥，陪他一起拖延祝融，等待父王的救兵。我不知道自己能否逃生，但我保證這些信一定會到你們的家人手裡。」

士兵們兩個一組，向著四面八方散去，消失在樹林裡，阿珩面朝著他們消失的地方，跪倒，默默磕了三個頭。

這些鐵骨男兒就是軒轅的子民！她從沒有像今天一樣為自己是軒轅的王姬而驕傲！

阿珩隨便撿了一套士兵的盔甲穿上，對阿獙說：「我們現在去會會祝融。」

阿獙振翅而起，載著阿珩飛向了祝融規定的受降地點。

三側皆是高聳的山峰，中間是一處平整的峽谷，有河蜿蜒流過，如果火山爆發，岩漿很快就會傾洩到這裡。

阿珩對阿獙說：「現在我要拜託你做一件事情，遠離這裡，把這些信送到一個安全的地方。」

阿獙眼中噙淚，阿珩摸著牠的頭說：「我知道你不願意，可是你必須替我做到，我答應了他們。」

阿獙舔了一下阿珩的手，快速飛向了西面。阿珩望著牠的身影，微微而笑，傻阿獙，如果只留下烈陽一個，他會多麼孤單，你還是好好陪著他吧！

昌意和昌僕坐在青石上下棋，神態悠然，阿珩走了過去，「四哥，四嫂。」
昌僕吃驚地瞪著她，昌意怒問：「昌僕不是讓妳領軍撤退嗎？」
「他們都是訓練有素的戰士，一旦接受了命令就會堅決執行，並不需要我指手畫腳。」
昌意說：「妳現在立即離開。」
阿珩蹲在昌意身邊，右手放在哥哥的膝頭，「四哥，易地而處，你會走嗎？不要強人所難！你可以趕我走，但我還會回來，大不了躲起來不讓你看到。」
昌意凝視著阿珩，半晌後，摸了下阿珩的頭，沒有再說話。
阿珩起身望向對面的山峰。樹林掩映中，一面顏色鮮明的五色火焰旗迎風飄舞，旗下站著整齊的方隊，鎧甲鋥亮，刀戈刺眼，令人不能直視。
昌意說：「我今日看到他們就覺得不對，投降之軍怎麼可能有這樣的氣勢？但我也只以為他們是詐降，想著我和昌僕早有準備，沒想到如今卻是聰明反被聰明誤。」
突然，山谷中響起巨大的回音，祝融在山頭問話，「黃帝究竟會不會來？」
昌意道：「大將軍這麼說是什麼意思？」
祝融冷冰冰地說：「沒什麼意思，黃帝向來詭計多端，我只是想問得清楚一點。」
昌意說：「你若不願意等，那我們也可以提前受降，父王過會到時，我和他請罪就成。」
沉默。

好一會後，祝融說：「再等一會！」

昌僕和阿珩提到嗓子眼的心總算又略微放下了些，昌僕對阿珩說：「祝融多疑，每隔一小會就要和昌意對話，確定昌意仍在，而且刻意用足了靈力說話，逼得昌意也要用足靈力回話，如果換個人假冒，他立即能察覺。」

阿珩說：「他這次不僅僅是試探，好似已經等得不耐煩了，只怕他心中也在掙扎，一面並不相信我們的話，懷疑我們發現了他的詭計，故意在拖延，一面又暗暗期望父王真的會來，連著父王一塊殺死，好讓他一雪國恨。」

昌意看了看四周，對阿珩說：「可惜玉簫放在了營地，沒有帶出來，妳去幫我砍一截竹子。」

阿珩忙去林間尋了一根竹子，昌僕把隨身攜帶的匕首遞給昌意，昌意很快就削了一管竹簫，笑著說：「雖然不敢和宴龍的馭音之術比，可簫乃心音，希望可以安撫一下祝融的火氣。」

昌意將竹簫湊在唇畔吹奏起來，簫音空靈婉轉，美妙動聽，猶如陣陣春風，吹拂過大地，阿珩覺得心中一定，對四哥生了敬意，心音不能作假，四哥是真正的心平氣和，無憂無懼，人說危難時才能看到一個人的心胸，四哥這份氣度無人能比。

祝融身在王族，肯定學習過禮樂，肯定也明白簫乃心音，自然會聞音辨識吹簫人的心，疑心盡去。

昌意端坐於青石上專心吹簫，昌僕凝視著夫君，抱膝靜聽，眼中有著綿綿情意。

阿珩靠坐在樹下，望著頭頂鬱鬱蔥蔥的枝葉，精神恍惚，眼前一會是蚩尤，一會是小夭。

一曲完畢，山林又陷入了沉寂，所有人都在等，也許因為等待的是死亡，在生命的沉重面前，連山峰都變得肅穆，山谷死一般的寧靜，一聲鳥鳴都沒有。

當眾人都等得不耐煩時，昌意就又會吹奏一曲，他的簫音就好似綿綿細雨，讓焦躁的心慢慢安定。

日頭越來越西，軒轅的救兵卻仍然沒有到。

昌僕禁不住問阿珩：「烈陽可靠嗎？」

阿珩也是心下驚慌，算時間，無論如何軒轅的救兵都應該到了，昌僕不等阿珩回答，又急匆匆地說：「難道父王不肯發兵？妳有沒有給父王說清楚事態的緊迫？」

「昌僕！」昌意握住昌僕的手，溫和地凝視著她，昌僕只覺心中一定，驚怕畏懼都消失了，對阿珩說：「對不起，小妹。」

「昌意小兒，我居然被你給騙了！」祝融意識到黃帝絕不可能出現了，憤怒的咆哮震徹山林，「你以為拖延時間就可以破掉我的陣法嗎？告訴你沒有用！你們全要死！所有的山峰都會變作火山，你們一個都逃不掉！」

戰士們驚恐慌亂，整齊的軍隊立即沒了隊形。

昌意看了昌僕一眼，昌僕神色堅毅地點點頭，昌意重重握了一下她的手，放開她。昌意拔出長劍，走到軍隊前，看著所有人，在他的安靜沉穩面前，士兵們一個個都安靜了下來。一個神族將士高聲問道：「王子，真的會火山爆發嗎？我們都要死嗎？」

所有戰士沉默地望著昌意，眼中有對生的渴求。昌意說：「我不能給你們任何希望的承諾，我唯一能承諾的是我一定會站在你們所有人的前面。」

士兵們沉默，在沉默中，他們紛紛回到了自己的位置，本能的懼怕漸漸被理智的勇敢壓制了下去。這就是人之所以為人，被讚譽為萬物之靈的因由。

祝融站在山頂，居高臨下地看著，在他腳邊是幾個剛被他砍下的人頭。

因為怕消息走漏，祝融只告訴士兵是詐降。剛才，當他說出火山會爆發時，軒轅族的士兵固然驚恐，神農族的士兵也同樣驚恐。一些士兵受不了，想要逃跑，祝融乾脆俐落地割下了他們的頭，踩著他們的頭問剩下的士兵：「你們是想光榮地戰死，還是做逃兵被我殺死？」

所有人都瞪著他，這算什麼選擇？怎麼選都是死！

祝融大吼，「不要恨我，不是我不給你們活下去的機會，而是他們！」他的火刀一指軒轅族的軍隊，「是他們殺死了我們的親人，毀滅了我們的家園，令我們沒有活路！難道你們已經忘記了嗎？」

「啊——」在恐懼的逼迫下，走投無路的神農族士兵好似變成了嗜血怪獸，發出痛苦的嚎叫。國已經破，家已經毀，如今只剩下一條命！不管是敵人的鮮血，還是自己的鮮血，唯有噴灑的鮮血才能令胸中激蕩的憤怒平息。

祝融看著他們，腳踏人頭，仰頭哈哈大笑。

一道紅影閃電般從天邊閃過，轉瞬就到了眼前。

蚩尤腳踩大鵬，立於半空。

阿珩不能置信地望著天空，幾乎要懷疑自己已經受傷，出現了幻覺。

祝融驅策畢方鳥飛了過來，「我不需要你幫忙，從哪裡來滾回哪裡去！」

蚩尤笑說：「別著急，我不是來幫你。」

祝融臉色一寒，尖聲怒問：「難道你想幫軒轅？」

蚩尤抱了抱拳，「正是。」

神農、軒轅皆驚。

「你、你……」祝融氣得身子都在抖，「我早就知道你是個禽獸！卻沒料到你禽獸不如，和那些投降的叛徒一樣膽小！」

蚩尤說：「你應該知道我的親隨是一幫和我一樣的瘋子，他們只認我、不認神農國，我若是叛徒，就會帶著他們一起來，有了他們的協助，憑藉我對山勢地氣的了解，你覺得自己還能有幾分機會發動你的陣法？」

祝融啞然，蚩尤天生對地氣感覺敏銳，有他在，只怕陣法根本無法發動，「那你究竟想做什麼？」

蚩尤斂了笑意，對神農族的士兵說：「我和榆罔有過盟誓，只要榆罔不失信，我永不背叛他，自然也就永不會背叛他的子民。可是，我還是個男人，曾經對這個軒轅族的女人承諾過不管任何危難，都會保護她。」他指向阿珩，山上山下的士兵都看向穿著鎧甲的阿珩，這才發現是個女子。

「我不會對她失信，所以我今天必須站在這裡，和她同生共死。你們都是神農族最勇敢的漢子，想想你們的女人，肯定能理解一個男人對心愛女人的承諾！」

蚩尤的手掌放在了心口，對他們行禮。所有人都不說話，寂靜像山一般沉重，壓在所有人的心口。

祝融冷哼，「我不知道你怎麼能既忠於神農，又忠於軒轅，一個人又不能一剖兩半！」

蚩尤攤開手掌，掌中有九枚紫色的細長釘子，「你應該知道這是什麼。」

祝融臉色變了變，「九星鎖靈釘。」這是三世炎后召集天下名匠所鑄，因為炎帝得了一種怪病，靈力亂行，身體痙攣，炎后精通醫術，為了緩解炎帝的痛苦，鑄造了九星鎖靈釘，將釘子釘入穴位就可以封鎖住靈力的運行。可長釘是用對神族靈力破壞極大的幾種藥物煉造，釘子入體之痛猶如被萬蟻所噬，非人所能忍受，據說三世炎帝只承受了四枚就忍無可忍，寧可日日被靈氣折磨，都不願再讓釘子被釘入身體。

蚩尤將一枚長釘對準自己咽喉下的天突穴，用力拍下，長釘入體，他臉色驟然發白。

胸部正中的中庭穴，又是用力拍下，長釘進入身體。

神闕穴、環跳穴、膝陽關……

蚩尤痛得冷汗涔涔，面容一會發青，一會發白，很多人都不忍心看，祝融卻目不轉睛地盯著。

到後來，蚩尤痛得已經站不起來，半跪在逍遙背上，強撐著把最後一枚長釘釘入了足底的金門穴，笑看著祝融，「一半屬於神農，一半屬於我自己。」

祝融說：「我不會手下留情，若相逢，我會專攻擊你半邊沒有靈力的身子。」

蚩尤拱拱手，「我現在只是保護自己女人的男人，不是神農族的蚩尤，也絕不會對你留情。」

「就憑一半靈力，一半的身子？瘋子！」祝融不屑地哼了一聲，轉身而去。

昌意望著面容青白的蚩尤，神情複雜，昌僕低聲說：「你現在應該明白為什麼小妹忘不掉他了。」

昌意留戀地看著昌僕，再沒有了以往的矜持溫雅，眼中是毫無保留的深情。昌僕對他一笑，柔聲說：「你去吧！」昌意也是一笑，毅然躍上了坐騎重明鳥，帶領一百神族精銳從空中向祝融發起了進攻，昌僕率領若水士兵從山下進攻。

整個山谷殺聲震天。

蚩尤落在了阿珩身邊，看阿珩一直低著頭，叫了幾聲都不肯理他，他笑說：「喂，我可是冒死而來，妳好歹給個好臉色。」

阿珩不說話，只是往前衝。

蚩尤緊跟著她，邊跑邊問：「妳究竟想怎麼辦？我的腦子不能一分兩半，只能一切全聽妳的吩咐。」

阿珩低著頭說：「去找祝融。」

蚩尤半抱半拽地把阿珩弄到了逍遙背上，這才看到阿珩臉上都是淚痕，他心中一蕩，用力抱住了阿珩，在她臉頰邊輕輕吻了一下，「妳這是為我而哭嗎？就算是死了，我也值得。」

阿珩說不出話來，只是用力抓住了蚩尤的手。就在剛才，看到蚩尤不顧眾人鄙夷，坦然地當眾承認他這個神農族的將軍就是喜歡上了一個軒轅族的姑娘，又為了對她的許諾，把一枚枚釘子拍入體內，她突然就覺得不管這個男人殺了多少她的族人，不管因為他承受了多少艱辛痛苦都沒什麼，就是這一刻死了，這一生也已經了無遺憾。

逍遙速度快，不過幾個瞬間已經到了洵山的主峰。

阿珩正在犯愁祝融究竟躲去了哪裡，看到一串又一串鮮血化作的氣泡從山林中冒了出來。

「那邊！」

逍遙降下，地上躺著五具軒轅戰士的屍體。一個祝融的近侍剛把一個軒轅族戰士的頭砍下，正詫異不解這個人的靈力怎麼如此弱，才發現他竟然是利用死亡，把自己的靈血變作了信號。

阿珩看了眼人頭，認出是岳淵，他用自己最後的死亡向阿珩指明了祝融的方位，阿珩對蚩尤下令，「幫我拖住這些神農族士兵。」她沿著岳淵指點的方向，去找祝融。

身後是血肉搏鬥的聲音，阿珩不敢回頭去看。祝融早在一開始，就給屬下指明了如何對付蚩尤——專門攻擊蚩尤半邊沒有靈力的身子。

只剩半個身子的蚩尤如何敵得過這麼多神族高手，阿珩不知道，也不敢去深思，只能提著一口氣快速地跑著，早一刻找到祝融，四哥他們就多一分生機。

阿珩在一面朝陽的山坡上找到了祝融，祝融正在對著神農山的方向跪拜，行的是最正式的神農王族的家禮。上一次見到這樣的禮節是在小月頂，炎帝病重，榆罔在篝火畔給炎帝行此禮節，阿珩心頭一酸，停住了步子。

祝融叩拜完，站了起來，望著神農山的方向說：「我此生此世唯一做錯的事情就是被黃帝利用了我對蚩尤的憎恨，聽信黃帝的讒言，煽動榆罔親征。我是想做炎帝，是想蚩尤死，可我從來沒想過背叛神農！」

阿珩心想，難怪祝融這麼恨黃帝，原來黃帝透過欺騙利用祝融才順利殺死了榆罔。

祝融回頭看向阿珩，「黃帝這樣的卑鄙小人怎麼能懂得家族血脈的相連？這是世世代代的根，他卻來和我談用什麼官位能收買我唯一的根，我真想燒得他粉身碎骨，讓他明白天下不是什麼都可以收買！看在妳剛才沒有偷襲我，打擾我行禮的份上，我饒妳一命，妳趕緊逃吧！」

阿珩不解，祝融微笑，「我就是陣眼！即使妳現在殺了我，也阻止不了我發動陣法！」他的身體就是陣眼，不管他生他死，都不能阻止陣法的發動。

祝融催動靈力，戰袍上繡著的五色火焰標誌真正變成了五色火焰，在他腳下燃燒。他的身體開始變得通紅，映亮了半個天空，他竟然在自己身體內點入了幽冥之火，火焰越燒越旺，照得他的骨骼都清晰可見。

阿珩感覺到腳下的土地在顫動，她踉蹌後退，驚駭地望著祝融。她被幽冥之火焚燒過，自然知道那種椎心蝕骨的痛，祝融是以自己為陣眼，自然要盡量延長燃燒的過程，也就是延長疼痛，他居然不惜承受烈焰焚身之痛，用靈肉俱滅的代價來布置下這個死局。

祝融站在熊熊燃燒的五色火焰中，張著雙臂哈哈大笑，「燒吧，燒吧！神農列祖列宗，這就是我給你們的最後祭禮！」

阿珩如夢初醒，轉身向山下跑，蚩尤也正在向山上跑，此時此地兩人是一模一樣的心思，死都要死在一起。

遠在另外一個山峰中廝殺的昌意和昌僕也感受到了大地的震動，洵山的主峰已經火光沖天，所有人都知道逃不了了，在巨大的災難面前，人們失去了再爭鬥的意義，手中的兵器紛紛掉在了地上。

昌意駕馭重明鳥歪歪斜斜地飛向昌僕，昌僕跌跌撞撞地跑向他。在生命的最後一刻，他們只想在一起。

氣流越來越急，大地的抖動越來越劇烈，樹木倒下，石頭崩裂，重明鳥越來越畏懼，不肯聽從昌意的駕馭，昌意索性放棄了坐騎，徒步跑著，一邊躲避著不斷掉落的石塊，一邊跳躍過不斷裂開的大地，跑向昌僕。

看似短短一段路，今日卻似乎怎麼都沒有辦法走近。

驚天動地的幾聲巨響，天空變得紫紅，火山開始噴發，伴隨著一道道巨龍一般的濃煙，整個大地都變作了火爐，赤紅的岩漿像河水一般汩汩流下。

滾滾濃煙，火光沖天，天搖地動，昌意和昌僕終於跌跌撞撞地握住了彼此的手。

昌僕嫣然一笑，抱住了昌意的腰，靠在昌意懷裡。

兩人側頭看向漫天煙火，溶溶岩漿，鮮紅的火、紫紅的光，赤紅的岩漿，天地間竟然是極致的絢爛繽紛。

「臨死前，看到此等奇景，也算不虛此生。」昌意摟著妻子，笑望著四周的景致。

昌僕邊笑，邊指著一處處的火山岩漿，「看，那裡有一個火紅的岩漿瀑布！看，那幾朵火山雲，真漂亮，像不像山上的杜鵑花？」

生死在兩人的相依相偎中，變得無足輕重。

一瞬後，有隱約的聲音傳來。

昌意精擅音律，對聲音十分敏感，他回頭看了一眼聲音傳來的方向，低頭看向妻子。

昌僕仰頭看著他，「怎麼了？」

昌意笑問：「妳不是一直抱怨我沒有勇氣當眾親妳嗎？」

「啊？」

昌意低頭吻住了昌僕，熾熱繾綣，激烈纏綿，昌僕被吻得臉紅心跳，頭暈腳軟，站都站不穩，心中是滿溢的甜蜜。

昌意柔聲說：「好好撫養兒子長大，告訴小妹，我不再怪蚩尤打死了大哥。」

昌僕還沒反應過來，腦後劇痛，眼前一黑，失去了意識，昏倒在昌意懷裡。

昌意拿出腰間的竹簫，用足靈力吹奏了幾個音節。

正在四處清鳴、尋找阿珩的阿獙立即聞音而來。昌意把昌僕放到阿獙背上，脫下自己的衣袍，把她牢牢固定好。

「去找阿珩，只要找到了蚩尤，你們也許可以逃得一命。」

阿獙用嘴叼住昌意的衣衫，示意昌意牠可以帶他走，昌意搖搖頭，用力拍了阿獙一下，厲聲說：「趕緊離開！」

阿獙長聲悲鳴，振翅而起，去尋找阿珩。

昌意走向了高處的山坡，在那裡，跪著一群黑壓壓的軒轅戰士，正面對著軒轅國的方向在磕頭，他答應過他們，無論發生什麼，他都會站在他們的前面。

火山雲越聚越多，很快，這裡就會火山爆發，被岩漿覆蓋。

「蚩尤！蚩尤！」阿珩邊叫邊跑。

「阿珩！阿珩！」蚩尤邊跑邊叫。

即使用足了靈力，可在地動山搖的火山噴發前也顯得無比微小，而他們就在火山口下，如果再不離開，即使不會被滾滾流下的岩漿捲走，也會因為高溫而死。

但是，沒有找到彼此，他們都不會離開。

阿珩突然站定，停止了奔跑和呼叫，這樣滿山亂找，也許正在向著相反的方向跑也不一定。

她割開了手掌，把鮮血用力甩向高空，一滴滴鮮血化作了一朵又一朵的桃花，在天上繽紛搖曳地綻開，火舌瀲灩，也遮不住桃花的繽紛多姿。

蚩尤看到了桃花，一朵朵怒放，一朵朵凋零，他笑了，「桃花樹下，不見不散！」

飛奔過濃煙，跨越過溝壑，他看見了站在繽紛怒放桃花下的阿珩，手每揚起一次，就有無數桃花盛開。他張開了雙臂，大喊，「阿珩！」

阿珩雙目如星，破顏而笑，飛奔入了他懷裡。這一刻，任何話都說不出來，唯有緊緊的擁抱。

阿珩身子簌簌而顫，淚水打濕了他的肩頭。

蚩尤拍著她的背，低聲說：「妳已經盡力！」

蚩尤抱著阿珩躍到了逍遙的背上。他們剛飛起，熔岩就滾滾而下，覆蓋了他們站立的地方，整座山都在燃燒，空氣中的熱度令他們的頭髮都開始彎曲。

蚩尤對逍遙吩咐，去尋昌意，因為漫天都是火球、濃煙、飛石，逍遙也不敢飛得太快，只能一邊小心翼翼地躲避，一邊四處尋找。

幾聲清鳴傳來，阿珩忙命逍遙再慢一點。

阿獙飛到了阿珩面前，阿珩看到昏迷的昌僕，明白昌意死意已定，她對逍遙焦急地說：「快點飛！」等找到四哥，只能立即敲暈他，強行帶他離開。

阿珩遙遙地望到了山坡上的一群人，看到昌意站在所有人的前面，忙喜悅地對逍遙說：「在那裡，在那裡，快去，快去！」

「四哥，四哥！」

她的叫聲未落，突然山口轟然炸開，火焰沖天而起，岩漿隨著濃煙噴出。

在天劫前，所有生靈都如渺小的螞蟻，只是剎那，一切都灰飛煙滅，連一絲痕跡都沒有了。

所有人、所有的一切，一個都不剩，全部消失在熾熱的岩漿中。

阿珩的眼睛瞪得滾圓，張著嘴，似乎一點都不相信所看到的一切。

火山雲越積越厚，漸漸要瀰漫大地，如果再不盡快離開，就會窒息而亡。

蚩尤卻沒有勸阿珩走，只是靜靜地抱著阿珩。

阿珩神情木然，呆呆地看著四哥消失的地方，半晌後，喉嚨裡發出幾聲似哭非哭的悲嚎，彎身解開捆縛著昌僕的衣袍，把四嫂抱到了懷裡，對蚩尤說：「我們離開。」

蚩尤用幾根藤條把阿獙纏了個結結實實，對逍遙叮囑了幾句，逍遙雙爪抓住藤條，仰頭長鳴，鳴叫聲中，牠沖天而起，扶搖而上，直入九天，如閃電一般離開了一片火海的大地。

一個時辰後，逍遙氣喘吁吁地落在了澤州城，負重如此多，即使是傲嘯九天的大鵬也有點吃不消。

澤州城樓上站滿了人，都眺望著東南面，說說笑笑著，又是好奇，又是不解，不明白為什麼會突然火山爆發。

雨師不太敢相信地問蚩尤，「那是祝融的地盤，難道祝融他沒有投降？」

蚩尤搖搖頭，「祝融用自己的身體做陣眼，引爆了火山，和軒轅族同歸於盡。」

說笑聲立即消失，所有人的神色都變了，風伯的手下魑低聲說：「真是想不到，受人敬重的后土投降了黃帝，被罵做卑劣小人的祝融卻寧死不降。」

雨師望著東南方向，不說話，卻脫下了頭上的氈帽。再低賤卑微的人也有屬於自己的尊嚴，再卑鄙無恥的人也有屬於自己的榮譽！

風伯、魑、魅、魍、魎……所有人都摘下了頭盔，用寧靜的肅穆向祝融致敬。

阿珩抱起昌僕，坐到了阿獙背上，準備離去。

剛才只顧著逃生，阿珩又一直刻意遮掩，蚩尤一直沒發現，此時看到她左手的小指齊根而斷。

「是誰做的？」蚩尤又是心痛又是憤怒。

「我自己。」阿珩淡淡說。

「為什麼？」蚩尤握住了她的手。

「我要走了。」阿珩緩緩抽出了手。

蚩尤想說什麼，卻什麼都說不出來。他又能說什麼呢？祝融讓昌意死了，而他的手足兄弟們卻在城頭為祝融致敬默哀。

當他初遇阿珩，曾以為只要自己足夠強大，天底下沒有他做不到的事情，可如今，當他的靈力越來越強大，麾下的戰士越來越多，他卻覺得越來越無力。

就如現在，不管他擁有多強大的靈力，都握不住阿珩的手，只能輕輕地放開她。

阿珩輕拍了一下阿獙，阿獙載著她們飛上了天空。

蚩尤明知道留不住，卻忍不住追著她的身影，沿城牆快速地走著，似乎這樣就仍能距離她再近一點，可城牆的長度有限，最後，他走到了城樓的盡頭，只能看著她的身影漸去漸遠，消失於夕陽中。

漫天紅霞，彩光瀲灩，璀璨奪目，美不勝收，可在蚩尤眼中卻猶如噴湧的紅色岩漿，摧毀著一切。

那滿山的火紅岩漿，好似鮮血，流滿了山頭，也流滿了阿珩的心。

# 第三十一章 死生契闊，與子成說

少昊凝視著蚩尤和阿珩，可蚩尤和阿珩眼中卻只有彼此。

他默默地轉過了身子，昂著頭，一步一步離開，視線卻渙散虛無。

他仰望著滿天星光，忽而縱聲狂笑，笑得前仰後合。

高辛河流上的萬盞燈光安全了，他所擁有的最後一盞燈卻徹底熄滅！

---

阿獙叫了一聲，提醒阿珩已經到達朝雲峰。

阿珩心如刀割，根本沒有勇氣走進朝雲殿，可是祝融和昌意同歸於盡的消息很快就會傳遍大荒，阿珩不想讓別人告訴母親這個消息。如果要說，那就讓她親口告訴母親。

她抱著昌僕走進了朝雲殿，嫘祖正在教導顓頊誦書，聽到腳步聲，笑著抬頭，看到阿珩的樣子，神色驟變。

顓頊飛撲過來，「姑姑，我娘怎麼了？爹呢？爹爹怎麼沒回來？」

嫘祖對顓頊柔聲說：「你先出去玩，大人們有話要說。」

阿珩跪在母親面前，嘴唇哆哆嗦嗦，卻一點聲音都發不出來。這一刻，她終於體會到了大哥當年跪在母親面前的絕望和自責。

嫘祖臉色慘白，默默地坐了一會，忽然站起來，溫和地說：「妳先去洗漱換衣服，我來照顧昌僕。」

「娘──」

嫘祖揮了揮手，「收拾乾淨了慢慢說。」宮女過來扶著阿珩下去沐浴更衣。

阿珩匆匆洗漱完，急忙去看母親。昌僕已經換過了一套衣服，在榻上安睡。母親坐在榻旁，雙手捧著昌意的衣袍，一遍又一遍地仔細摸著。

阿珩輕輕走過去，跪在母親膝前。

嫘祖低聲問：「昌意是不是很英勇？沒有丟下自己的士兵獨自逃生？」

阿珩嗓子乾澀，說不出話來，只能用力地點了點頭。嫘祖微微而笑，「很好，像他的外公一樣！」

「娘！」阿珩抓著母親的手，「妳要是難受，就哭出來吧！」

嫘祖摸著阿珩的頭，臉容枯槁，神情憔悴，眼睛卻分外清亮，就好似僅剩的力量都凝聚到了眼睛裡，「妳在這裡看著昌僕，她性子剛烈，過剛易折，我去看看顓頊，我不想他從別人那裡聽到父親的死訊，他的父親死得很英勇，應該堂堂正正地告訴他。」

嫘祖仔細地把昌意的衣袍疊好，放在了昌僕的枕邊，蹣跚地走出屋子，走到桑林裡，牽住顓頊的手，「奶奶有話和你說。」

一老一小，在桑樹林中慢慢地走著。嫘祖步履蹣跚，腰背佝僂，可她依舊是所有孩子的精神依靠。

「昌意！」

昌僕剛一醒，就驚叫著伸手去抓，卻抓了個空。

站在窗前看母親和顓頊的阿珩立即回身，「四嫂。」

昌僕看了看四周，發現她們已經身在朝雲殿，「昌意呢？昌意在哪裡？」

阿珩回答不出來，昌僕眼巴巴地盯著阿珩，似乎在哀求她給自己一點希望，阿珩覺得昌僕的視線就好似尖刀，一下又一下刺在她心上，痛得她不能呼吸，可是她卻沒有辦法躲避，因為躲避會更痛。

「四哥、四哥……」阿珩結結巴巴，語不成句。

昌僕看到枕頭旁的衣袍，眼中的光噗一下全滅了，她抓著阿珩的肩膀搖，厲聲怒吼，「妳為什麼要獨自逃走？為什麼沒有救他？他是妳四哥，妳怎麼不救他……」阿珩就如一片枯葉，被疾風吹得完全身不由己，再劇烈一點，就會粉碎在狂風中。

昌僕搖著搖著，身子一軟，突然趴在阿珩的肩頭，失聲痛哭，「為什麼？為什麼……」為什麼啊？他們明明約定了夫妻一心，生死同擔，他為什麼要違背諾言，讓她獨生？

就在前一瞬，他還抱著她，親著她，讓她沉醉在最甜蜜的幸福中，現在卻屍骨無存，一切都煙消雲散。她不相信！昌意沒有死，絕對沒有死！

昌僕的哭聲漸漸變成了慘嗥，撕心裂肺，猶如一隻悲鳴的野獸，阿珩再無法克制，眼淚如決堤的河水般湧出，可她不敢哭出聲，只能緊咬著唇，用盡全部力氣挺著背脊，不讓自己倒下。

昌僕哭得五內俱焚，悲怒攻心，暈厥了過去。

阿珩不敢放任自己的傷心，迅速擦乾了淚，照看著昌僕。

嫘祖牽著顓頊的手走進來，不過短短一會，顓頊竟好似突然長大了，小小的臉緊緊地繃著，眼中的淚珠滾來滾去，卻一直倔強地憋著，就是不肯哭，憋得臉色都發紅。

顓頊站在榻旁，去摸母親的臉，神情十分嚴肅。

嫘祖對阿珩吩咐：「妳把所有事情從頭到尾講述一遍。」

阿珩遲疑地看著顓頊，嫘祖說：「他如今是我們家唯一的男丁，不管他能理解幾分，都讓他聽著吧！」

阿珩聽出了嫘祖的話外之意，臉色立變，「大哥、大哥還在！」

嫘祖淡淡說：「你們真以為我不知道嗎？青陽是我生的，是我把他從一點點養到大。珩兒，妳會認不出妳的女兒嗎？那是妳心頭的肉，一笑一顰妳都一清二楚。妳和昌意竟然膽大包天，想出這樣瞞天過海的計策。」

阿珩急急解釋，「娘，我、我……不是四哥，是我。」

「我明白你們的苦心，知道你們怕我難過，怕我撐不住，可你們太小看你們的母親了，軒轅國能有今天，也是妳母親一手締造，如今雖然上不了戰場，不代表我已經老糊塗了。」

阿珩跪在嫘祖膝前，嫘祖對顓頊說：「你好好聽著，聽不懂的地方不要問，牢牢記住就行。」

阿珩開始講述，把她察覺事情有異，派烈陽送信回軒轅求救，向高辛借兵，被少昊拒絕，到祝融用自己做陣眼引爆火山全部講了一遍。

嫘祖一直默不作聲，昌僕不知道什麼時候醒了，睜著眼睛，呆呆地望著帳頂，聽著阿珩的講述。

昌僕突然問：「為什麼父王一直沒有派兵？如果我們的神族士兵再多一些，只要有一個精通陣法的神族大將布陣，即使祝融用自身做陣眼，我們也不至於全軍覆沒。」

阿珩說：「我能用性命擔保烈陽的可靠，這場戰役對軒轅至關重要，父王絕對不想輸，只要他接到消息，肯定會全力阻止祝融，唯一的解釋就是父王沒有收到烈陽送的信。」

誰敢截取送給黃帝的信？誰能有這個膽子，又能有這個能力？

阿珩想通的一瞬，悲怒攻心，嘶聲問：「前日夜裡父王是住在指月殿嗎？」

嫘祖身子晃了一晃，向後倒去，阿珩忙扶住她，「娘，娘！」

嫘祖緩了緩，對昌僕哭道：「我對不起妳，是我姑息養奸了。」

昌僕噙淚說道：「娘，您在說什麼？」

嫘祖老淚縱橫，「因為年輕時的大錯，我對彤魚氏一直心懷歉疚，卻沒想到一錯再錯！我早該看明白，有的錯既然犯了，寧可自己受天譴，也要一錯到底，我若當年心狠手辣地直接殺了彤魚氏和她的孩子，也不會有今日！」

昌僕忙掙扎下榻，跪在嫘祖面前，哭道：「娘，妳若再責怪自己，昌意就是死了也不得心安。」

嫘祖摟著昌僕和阿珩，嘶聲痛哭，阿珩和昌僕也是淚若雨下。

顓頊安靜地坐在一旁，看到娘、姑姑、奶奶三個女人哀哀哭泣，似懂非懂，只是按照奶奶的叮嚀，努力地記住一切，奶奶說了，他如今是家裡唯一的男子漢了，必須要堅強。

一個宮女跌跌撞撞地跑進來，「王后，來了一大群人，他們都穿著哀服，戴著哀冠……」

看來父王已經收到消息，派人來稟告母后，阿珩說：「就說我們知道了，讓他們都回去吧。」

宮女緊張地嚥了口唾沫，結結巴巴地說：「不，不行，黃帝也來了。」

一時間，屋子裡的人都沉默了。

嫘祖恨道：「讓他滾回去！就說我不想見他，今生今世都不想見！」

宮女驚駭地張著嘴，阿珩站了起來，扯扯宮女的衣袖，示意宮女跟她走，昌僕也追了出來，「我有話和父王說。」

阿珩和昌僕走進前殿，看黃帝全身縞素，神色哀戚，一見阿珩，立即問：「妳母后如何？」

阿珩說：「母后身體不太舒服，正在臥榻靜養。」

黃帝提步就行，「我去看看她。」

阿珩伸手攔住了他，「父王，母后受不得刺激了。」

黃帝愣了一愣，「那……那改日吧。」

黃帝對昌僕說：「神族的兩百士兵都陣亡，奉珩兒之命提前撤離的四千若水戰士全部活下，我已經派人繼續搜救，也許還能救出一些若水的戰士，妳若有什麼要求，盡管開口。」

昌僕眉目冷厲，剛要張口，阿珩搶先說道：「父王，我在三日前派烈陽送信回來，講明祝融意圖引爆火山，請您立即派神將救援，如今烈陽下落不明，不知父王可收到了信？」

黃帝心念電轉，立即明白了一切，氣得臉色發青，五官都幾乎扭曲，可漸漸地，他神色恢復了正常，「這事我會派人去查。」

阿珩對黃帝徹底死心，黃帝肯定也會透過別的方式重重懲罰夷彭，可那不是阿珩想要的懲罰。昌僕跪下，說道：「父王，雖然昌意已經屍骨無存，可我想求您為昌意舉行一個隆重的葬禮。」

黃帝說：「我本就是這個安排，還有其他要求嗎？」

昌僕搖搖頭。

黃帝道：「那我走了，你們若需要什麼，派人來直接和我說。」

躲在殿外的雲桑看到黃帝走了，才帶著朱萸走進前殿。她雖然嫁給了青陽，可在朝雲殿，仍是一個外人，所以她也一直深居簡出，凡事迴避。

阿珩向她問安，昌僕木然地坐著，猶如一個泥偶，對外界的一切事情都感覺不到。

雲桑十分心酸，她還記得幾百年前的那場婚禮，火紅的若木花下，昌僕潑辣刁鑽、精靈古怪，在她心中，昌意和昌僕是唯一讓她羨慕的夫婦，令她相信世間還有伉儷情深，可老天似乎太善妒，見不得圓滿，竟然讓他們生死相隔。

雲桑對阿珩說：「前幾日，我深夜睡不著，出外散心，看到軒轅山下有火光，就過去查看了一下，正好看到夷彭領著幾個妖族圍攻一隻琅鳥，其中一個好似是狐族，說什麼要把琅鳥的鳳凰內丹取出，敬獻給狐王去療傷，我意識到是烈陽，就設法救了他，本想今日妳回來時就告訴妳，可我去找妳時，隱隱聽到哭聲，似乎不太方便就迴避了，沒想到竟然出了這麼大的事。」

阿珩忙對她行禮，感激地說：「多謝妳，烈陽如今在哪裡？」

雲桑說：「在后土那裡。烈陽的傷勢非常重，我幫不了他，只能把他送到后土那裡，讓后土幫他療傷。」

剛才只顧著烈陽安危，沒有細想，阿珩這會才發覺雲桑剛才說的話疑點很多，烈陽的功力比雲桑強，烈陽都對付不了的人，雲桑肯定應付不了，唯一的解釋就是當時后土在場，不是雲桑救了烈陽，而是后土救了烈陽。

雲桑冰雪聰明，看阿珩神色，知道她已明白，索性坦然承認，「我知道瞞不過妳，其實那天晚上我是出去見后土，因為聽說祝融要投降，我有點不信，就去找后土詢問戰況，可惜我們去得晚了，烈陽已經昏迷，不知道烈陽為何而來。」

去得早又能如何？雲桑雖然嫁給了青陽，可彼此都知是互相利用，即使知道了這個消息，也不見得會傳遞給黃帝。阿珩甚至暗暗慶幸他們不知道，否則也許雲桑會設法通知祝融，到那時只怕連四千士兵和昌僕都逃不掉。

阿珩想到此處，突然冷汗涔涔，她如今怎麼變成了這樣？雲桑和后土待她一直親厚，身為戰敗的異族，冒著得罪夷彭的風險救了烈陽，她卻如此多疑。可她能不多疑嗎？少昊對她和昌意何嘗不好呢？但不管再好，那都是私情，在大義之前，他們這些生於王室、長於王室的人都只能捨私情、全大義。

泥偶般的昌僕突然站起來，向外跑去，阿珩忙拉住她，「四嫂，妳去哪裡？」

「妳沒聽到昌意的簫聲嗎？妳聽。」昌僕凝神聽了一會，著急起來，「怎麼沒有了？剛才明明聽到了。大嫂，阿珩，妳們聽到了嗎？」

雲桑潸然淚下，阿珩心痛如絞，卻沒有任何辦法可以寬解昌僕，也許只能寄望於時間。對有些人而言，時間會淡化一切，可對昌僕而言，也許時間只會一次又一次提醒她，昌意不在了！

就如炎帝在妻子的墓旁對阿珩所說，漫長的生命只是令痛苦更加漫長！

黃帝下令舉國為昌意服喪。

軒轅國如今國勢正強，大荒內各族各國都派了使者來弔喪，少昊作為昌意的姻親，雖不能親來，卻派使者帶著王姬玖瑤來為舅舅服喪。

黃帝在軒轅城內為昌意舉行了盛大的葬禮，阿珩不想嫘祖白髮人送黑髮人，苦勸她留在了朝雲殿。

行完儀式，安葬時，昌僕要求只能軒轅族在場。

等把盛放著昌意使用過器具的棺木放入墓穴，宗伯正要下令封閉墓穴，一直沉默的昌僕突然說：「等一等！」

眾人都驚詫地看向昌僕，昌僕凝視了一會昌意的棺材，回身對眾人哀聲說道：「今日我在這裡哀悼我的夫君昌意，在若水，還有六千多個女人和我一樣，在哀悼痛哭她們的夫君。對我們若水族而言，勇敢地戰死沙場是一種榮耀！可我們不能接受被人陷害而死，那是對亡靈的褻瀆！對所有死者的不敬！親人的死亡就像是活生生地掏出了我們的心，可被人陷害而死的死亡卻像是心被掏出後，又被浸泡到了毒汁裡！仇恨一日不除，我們的心就永遠都泡在毒汁裡！」

昌僕盯著夷彭，「軒轅夷彭，你可聽到了地下亡靈們憤怒的吼叫，若水女人們痛苦的哭泣？」

夷彭淡淡說：「我不知道四嫂在說什麼，請四嫂節哀順變，不要胡言亂語。」

黃帝對侍女下令，「王子妃傷痛攻心，神智不清，快扶她下去。」

侍女們想把昌僕強行帶走，一群若水大漢噌一聲拔出大刀，擋在昌僕身周，殺氣凜然。

昌僕朗聲說道：「王姬發現了祝融在布陣引火山爆發，派人送信給黃帝，請求他派神將去化解祝融的陣法，我和昌意一直苦苦拖著祝融，拖到了傍晚，只要援兵及時趕到，就肯定沒有今日的葬禮，可信件在中途被人截取。截取信件的人就是他——軒轅族的九王子！」昌僕指著夷彭，所有人都震驚地看向夷彭。

昌僕視線慢慢掃過所有的軒轅族人，眸光冷冽，面容肅穆，黃帝竟然一瞬間一句話都說不出來。

昌僕說道：「自從我父親跪在黃帝腳下，把最古老的若木花雙手捧給黃帝，選擇了歸順軒轅國時，我們就是軒轅的子民，也就是軒轅九王子的子民，可他卻為了一己私仇背叛了自己的子民。作為若水的族長，為了六千族民的亡靈，六千女人的哭泣，我不能原諒他，若原諒了他，我無顏回若水！作為昌意的妻子，他殺我夫婿，我更不能饒恕他！」說話聲中，昌僕突然拔出早已藏在袖中的匕首，飛身躍起，拚盡全力，刺向夷彭。少昊鑄造的神器真正發揮出了它可怕的威力，人器合一，氣勢如虹，無堅不摧。

夷彭早已習慣王族內隱藏在黑暗中的勾心鬥角，怎麼都沒有想到昌僕竟然敢當眾殺他，踉踉蹌蹌地後退，匆匆忙忙地布置結界，卻擋不住昌僕早有預謀、不顧生死的全力一擊，昌僕勢如破竹，所有的阻擋都被衝破。

夷彭眼前只有一道疾馳的彩光，距離他越來越近、越來越絢爛，他怎麼躲都躲不開，虹光在他眼前爆開，飛向他的心口，他的瞳孔驟然收縮，再無從躲避，絕望地閉上了眼睛。

整個世界都消失，耳邊死一般的寂靜。

夷彭以為死亡會很痛苦，卻沒有感受到心臟被擊碎的疼痛。他下意識地去摸自己的心口，什麼都沒摸到。

在夷彭的感覺中十分漫長，可實際昌僕的兔起鶻落、閃電一擊，只是短短一瞬。黃帝喝斥侍衛的聲音此時才傳來，夷彭睜開眼睛，還未來得及看清楚，一個身體軟軟地倒向他，他下意識地接住，是他的母親，胸口噴湧的鮮血浸透了他的雙手。

昌僕沒想到彤魚氏會飛撲上來，用自己的身體擋下了她的擊殺，此時再想刺殺夷彭已經來不及，侍衛們團團把她包圍住。

以生命為代價綻放的鮮血之花色彩奪目，繽紛絢爛，可是夷彭眼中的世界驟然變成了只有黑白二色，淒冷絕望。

「娘，娘！」夷彭撕心裂肺地吼叫。

他抱著母親，用力去按傷口，想要堵住鮮血，卻只感受到母親迅速冰冷的身體。

母親已經氣絕，可她在微笑，利刃刺破心臟肯定很痛，但是她知道兒子沒有被傷害到，那麼即使再有百倍的碎心之痛她也甘之若飴。

「娘！」夷彭哀嚎，叫聲如狼。

有很多侍衛衝上來，似乎想幫他，可他憤怒地推開了他們。

「滾開，都滾開！」

黃帝走了過來，顫抖著雙手想抱他的母親，他一掌打到黃帝的身上，「不許碰我娘！你也滾開！你這個忘恩負義的薄倖男人不配碰她！」

就在幾天前，母親為了替他求情，還在卑微地對黃帝下跪哀哭，黃帝對母親怒吼，說什麼僅剩的舊情也已經被她的瘋狂和狠毒消磨乾淨，母親拖著黃帝的衣袍哀哀哭泣，他卻重重踢開了母親，揚長而去。

夷彭抱著彤魚氏，又是大哭又是大叫，就好似瘋了一樣，「娘，娘，妳醒醒，妳還沒看到朝雲殿的那個女人死，妳不是說絕不會放過她嗎？妳睜睜眼睛，我一定幫妳殺了他們，把他們都殺了，一個都不留，我一定會替兩個哥哥報仇……」

他抱著母親，跌跌撞撞地向山林深處跑去。

沒有人想到葬禮上竟然發生如此巨變，還牽涉到王室祕鬥，嚇得紛紛跪下，連大氣都不敢出。

黃帝臉色鐵青地下令：「把所有若水人都拘禁起來，昌僕關入天牢，由秋官司寇親自審理，按照律令嚴厲處罰。」

昌僕對她的侍從們說：「丟掉兵器，不要反抗。」

她抱起顓頊，對他喃喃低語，「好孩子，娘很想能看著你長大，可娘不能，娘太思念你爹爹了，也許你會恨娘，可等你有一日碰到生死相許的心愛女人就會明白了。」她取下鬢邊的若木花，把它放到顓頊手裡，「等你碰到她，就把這個送給她，帶著她到我和你爹的墓前。」

顓頊似已感覺到不祥，放聲大哭，「娘，娘！」

昌僕緊緊摟著他，邊親邊說：「以後要聽姑姑的話，你姑姑會照顧你，娘就自私地去找你爹爹了。兒子，即使恨娘，你也一定要好好長大，成婚生子，生一大群孩子，你爹爹一定很開心……」

阿珩知道黃帝絕不會姑息當眾刺殺的行為，不僅僅是因為殺死了軒轅國的王妃，還因為如果原諒一次就等於在告訴所有人你們都可以目無法紀，隨意行刺。

如今之計，只能先不反抗地入獄，再試圖化解，看來昌僕也明白這個道理，所以下令讓她的侍衛立即放下了兵器。

阿珩剛鬆了一口氣，可她看到昌僕抱著顓頊，喃喃低語，不知道在說什麼，姿勢十分留戀顓頊，眼睛卻是一直望著昌意的墓穴，邊笑邊哭，笑得幸福甜蜜，哭得悲傷哀絕。

阿珩全身打了一個寒戰，立即衝上前，「四嫂，千萬別做傻事！」阿珩伸出雙手，悲傷焦急地祈求昌僕，想要拉住她。

昌僕把顓頊放到阿珩手裡，「小妹，對不起妳了，要妳擔待起一切，幫我照顧顓頊。」顓頊就在手邊，阿珩只能下意識地抱住孩子，昌僕冰涼的手指從她指間滑過，「妳四哥要我告訴妳，他不怪蚩尤了。」

阿珩一愣，電光石火間，昌僕反手把匕首插入了自己心口。

去拘捕昌僕的侍衛們失聲驚叫，不知所措地呆住。

阿珩半張著嘴，喉嚨裡嗚嗚地響著，她用力把顓頊的頭按向自己懷裡，不讓顓頊看，身子簌簌狂抖，連著顓頊也在不停地抖。

顓頊大叫「娘，娘」，猛地在阿珩的手上重重咬了一口，趁機迅速地回頭，看到母親胸口插著一把匕首，身子搖搖晃晃地走向父親的墓穴。母親的裙衫都被鮮血染紅，顏色鮮亮，就好似他在大伯和大伯母婚禮上看到的鮮紅嫁衣。

昌僕踩著淋漓的鮮血，一步又一步，終於走到了昌意的墓穴口，她凝視著阿珩，慢慢地拔出了匕首，似乎想把匕首遞給阿珩，卻再沒有了力氣，手無力地垂下，匕首哐噹一聲，掉在地上，只是微弱一聲，卻震得所有人都心驚肉跳。

阿珩淚如雨下，點了點頭，「我明白了，四嫂，妳放心去吧！告訴哥哥，我一定不會讓任何人傷到顓頊！」

昌僕嫣然一笑，身子向下倒去，跌入了漆黑的墓穴。

顓頊撕心裂肺地哭叫：「娘，娘，不要丟下我！」他驟然迸發的巨大力量竟然推開了阿珩。他跌跌撞撞地跑向墳墓，「娘，爹，不要丟下我！」

非常奇詭，也許是昌僕的靈力潰散引發了周圍環境的變化，墓穴居然開始自動合攏。四周的土地迅速隆起，慢慢合攏，長成了一個倒扣的大碗，顓頊被擋在墳塋外面。

在墳塋之上，昌僕落下的斑斑血痕中，長出了無數不知名的花。一枝雙花，並蒂而生，彼此依偎，迎風而開，不一會，整個墓穴都被紅色的花覆蓋。風過處，千百朵花兒隨風而舞，竟好似能聽到隱隱約約的陣陣笑聲。

所有人目瞪口呆地看著眼前的一切，一點聲音都發不出來，只有顓頊狠命砸打墳塋，哭叫著：「娘，娘，娘……」

阿珩撿起浸滿了昌僕鮮血的匕首，直挺挺地跪倒在哥哥和嫂嫂的墓前，面色慘白，神情死寂，猶如一個沒有了魂靈的木偶。

黃帝靜坐在指月殿內，滿面憔悴疲憊，連著舉行三次葬禮，兒子、兒媳、妻子，就是堅強如他也禁不住。

也許因為一切發生得太快，就是到現在，他還是在恍惚，彤魚真的離開了嗎？

從初相識的兩小無猜到後來的彼此猜忌，雖然她日日就在榻邊，可他卻覺得她日漸陌生，不再是那個躲在高梁地裡用梨子擲他的女孩。幾千年的愛恨糾纏，每一次他的容忍，只是因為他記著那個月朗星稀的夜晚，在荒草叢生的山頂，他從男孩變成了男人，她也從女孩變成了女人，她縮在他懷裡瑟瑟發抖，也不知道是被山風吹得冷，還是緊張懼怕。他在她耳畔許諾：「我會蓋一座大大的屋子來迎娶妳。」她呸一聲，「誰稀罕？前幾日去和我父親求親的蒙覃早就有了大大的屋子。」他笑指著天上的月亮說，「我蓋的屋子能看見最美麗的月亮，就像今夜一樣，我們可以日日像今晚一樣看月亮。」她臉埋在他懷裡偷偷笑了，身子不再抖，含糊地嘟囔，「我才不要看月亮，我只想看一個指著月亮的傻子！」

當年的他和她無論如何都不會想到，幾千年後，他會在為她建造的指月殿內，怒對她說舊日情分全絕，此後她若敢再碰朝雲殿的人一下，他必把她挫骨揚灰。

他踢開了哀哀哭泣的她，決定徹底離開，沒想到她比他更徹底地離開了。

黃帝推開了窗戶，窗外一輪月如鉤。他半倚著榻，靜靜地望著月亮。

這個殿是為了彤魚而建，可千年來，他從沒有和彤魚一起並肩看過月亮，他已不是他，她亦不是她，早已沒了並肩而坐的意義，但是不知道為什麼，他卻總喜歡在累了一天後，躺在這裡，看一會月亮，朦朧的月光下，有年少飛揚的他，還有一個能印證他年少飛揚的女子，可也許年代太久遠了，他已經分不清到底想起的女子是誰，是躲在他懷裡瑟瑟發抖的嬌弱女子，還是那個踏著月光走到他面前的驕傲女子，或者都不是。

黃帝靠著玉枕，似睡非睡，不知道過了多久，有醫師來求見。

「這麼晚了本不該來驚擾陛下休息，可陛下吩咐過，不管什麼時候都要立即稟報王后娘娘的病情。」

黃帝和顏悅色又不失威嚴地說：「你做得很對。」

「四王子妃自盡的消息傳到朝雲殿，聽服侍王后娘娘的宮女們說王后當即昏厥，她們忙傳召臣，臣到時，王后已經甦醒，她不顧臣等的勸阻，命令宮人把事情交代清楚。王后聽到彤魚娘娘為救九殿下，心口中刀，當即死亡，情緒激動，大笑起來，笑著笑著她又開始哭，邊哭邊咳，咳出了血，宮女們跪了一地，求的求、勸的勸，王后卻一直情緒難以平復，也不肯讓臣給她看病，幸虧此時王姬回來了，她領著顓頊王子和玖瑤王姬跪在王后榻前，不停磕頭，王后才不再拒絕臣等為她診治病情。」

「王后的病如何？」

「鬱氣在胸，經年不散，心脈已損，自顓頊小王子出生後，王后的病本來在好轉，不過這幾日連受刺激，病勢突然失去了控制，靈氣全亂，如今連用藥都不敢，只是吃了些安神的藥。」

「究竟什麼意思？」

醫師遲疑了下，重重磕頭，低聲說：「沉痾難返，回天無術，只是遲或早了。臣沒有敢和王后說實話，只說一時悲痛攻心，放寬心靜養就好。」

黃帝吃驚地愣了一愣，下意識地望向了窗外。

醫師緊張地等了半晌，都沒有等到黃帝的回覆。他悄悄側了側頭，覷見黃帝看著窗外。從他的角度，看不清黃帝的神情，窗外的景致倒一清二楚。月兒彎彎，猶如一枚玉鉤斜吊在窗下。

黃帝一直不出聲，醫師也不敢吭聲。

醫師跪得腿都開始發麻，黃帝才驀然回神看到他，詫異地問：「你怎麼還在這裡？」

醫師可不敢說您壓根沒讓我走，匆匆磕了個頭，「臣告退。」迅速退出了大殿。

月過中天，萬籟俱靜。

朱萸守著嫘祖，靠在榻邊，腦袋一頓一頓地打瞌睡。雲桑帶著顓頊和玖瑤已經安歇。阿珩猶在不停地搗藥，卻是搗完又扔，扔完又搗，眼內全是痛楚焦灼。

少昊乘夜而至朝雲峰，先去悄悄探望了嫘祖，再依照朱萸的指點，到庭院後來找阿珩。他輕聲叫阿珩，阿珩卻聽而不聞，從他身邊徑直走過，就好似根本聽不到他的聲音。

少昊坐到一旁的石階上，默默地看著阿珩走來走去。

朱萸告訴他醫師說沒什麼大礙，可宮廷醫師遇到重病就不敢說真話的那一套他比誰都清楚，探視過嫘祖的身子，再看到阿珩的樣子，他已經明白嫘祖只怕不行了。

戰況如他所願，軒轅和神農兩敗俱傷，可他沒有一絲高興。

每一次阿珩伸手去拿東西，他看到她沒有了小指的手掌，心就會痛得驟然一縮，好似是他的手指被斬斷。

點點螢火蟲在草地上飛舞，閃閃爍爍，好似無數個小小的星光，他隨手抓了一隻螢火蟲，兜在手間，猶如一盞小燈，好多事情都在閃爍的光亮中浮現。

他還記得第一次見昌意時，昌意害羞地半躲在青陽身後，含含糊糊地叫「少昊哥哥」；他、青陽、雲澤喝酒時，昌意安靜地坐在一旁，兩隻眼睛發亮地看著他們；小小的昌意握著劍，他握著昌意的手，教給了昌意第一招劍法，青陽在一旁鼓掌喝采，昌意也笑著說「謝謝少昊哥哥」；雲澤亡故後，青陽被囚禁於流沙中，昌意跑來找他，哭著叫「少昊哥哥，你快去看看大哥，大哥要死了」。

也記得第一次見阿珩，她滿身鮮血，無助地躺在祭臺上，他抱起她，心中有很微妙的感覺，這個女子就是他的新娘嗎？竟然在害怕自己差點晚到一步。

從玉山回朝雲峰，阿珩和他星夜暢談，她裝作很自然地聊著天，可每次飲酒時都會臉紅，也許因為知道那一分嬌羞是為他綻放，他竟然不敢多看。

承華殿內，他與她攜手共遊，彈琴聽琴，種花賞花，釀酒飲酒，本意只是為了做給別人看，可是，那琴聲，因為有她的傾聽，才格外愉悅心神；那園中的花，因為有她攜手同看，才格外嬌豔；那些他釀造的美酒，因為有她共飲同醉，才分外醇厚。她的一笑一顰，一舉一動，都鮮活生動，讓冰冷的宮殿變得像一個家，他真真切切地因為她而歡喜、大笑，那些朝夕相伴的時光並不是假的。

虞淵內，在吞噬一切的黑暗中，他閉目等死，阿珩為了他去而復返，她從沒有對他許過任何諾言，卻已經做到了不離不棄。那一次，他身在漆黑中，卻感受到了光亮，可這一次，他擁著光亮，感受到的卻是無邊黑暗。

「阿珩！」

他抓住了從身畔飄過的青色裙衫，想解釋，想挽回，可他自己都不知道該說什麼，解釋說他絕沒有想讓昌意死；還是解釋說他絕沒有想到昌意會那麼固執，明明知道了消息，可以提前離開，竟然不肯偷生，昌僕又會如此剛烈，竟然不肯獨生。

「放開！」

阿珩用力拽裙子，少昊一聲不發，卻無論怎樣都不肯鬆開。

阿珩拔出了匕首，是他和她一起為昌意和昌僕打造的結婚禮物，也是今日昌僕自盡的匕首，匕首上仍有殷紅，少昊身子猛地一顫，物猶在，人已歿，當年他親手鑄造的祝福，變成了一種諷刺。

阿珩握著匕首的手只有四根手指，在裙上快速劃過，整幅裙裾都被割斷。轉瞬間，她人已經遠去。

少昊握著半幅裙裾，手無力地落下。

從今後，恩斷義絕！

所有的一切都無法挽回了！

青陽、雲澤、昌意、昌僕，他們一個個都永遠離去了，阿珩也徹底離開了。

桑林內，蚩尤靠樹而站，靜望著少昊和阿珩。

知道昌意今日出殯，他放心不下阿珩，過來看一眼她，沒想到又聽聞昌僕竟然自盡了。他本來沒有打算上朝雲峰，不是害怕，而是他的出現本就是讓阿珩痛苦，她如今背負的痛苦已經夠多，他只想確認她一切安好，靜靜來靜靜去。

可是，她並不安好，蚩尤無法放心離去，所以一直藏身在桑林內，躲在暗中陪伴著她。看到朝雲殿內醫師進進出出，雖然沒有聽到醫師說什麼，可只看阿珩的樣子就能猜到嫘祖病得不輕。

因為有失打理，青石鋪成的地上多有野草長出，更深露重，踩到濕漉漉的草上，阿珩腳下一滑，摔倒在地。

阿珩想要站起，可撐了撐身子，腳踝劇痛，又軟坐了下去，忽然間，她就淚如雨下，不敢哭出聲音，用力強忍，忍得整個身子都在抖，只是覺得冷，就好似整個身體都浸在寒冰中，從內到外都是痛入骨髓的冷意。

少昊急急站起，想過去扶阿珩，突然感覺到桑林內有人藏匿，「誰？」蚩尤善於藏匿，少昊又心神恍惚，一直沒有察覺蚩尤就在附近，可蚩尤看到阿珩摔倒，急切間卻忘了收斂氣息。

蚩尤看少昊已經發現了自己，索性不再迴避，現身在桑林外，只淡淡看了一眼少昊，就旁若無人地快步走向阿珩，把阿珩從地上用力拽起。

阿珩以為是少昊，用力要推，不想竟然是蚩尤，下意識地雙手變推為抓，抓住了他的胳膊，淚眼迷濛地看著蚩尤，神情悽楚無助，似乎想找到一個可以安歇的地方，卸下無法承受的悲痛。

蚩尤一把就把阿珩擁進了懷裡，一句話沒有說，只是非常用力地摟住了她，就好似要把身上的暖意強壓到她心內，把她藏在自己的骨血中，不讓她再承受任何痛苦。

阿珩頭埋在蚩尤的頸間，用力咬著他的肩頭，默默痛哭，淚水瘋狂地湧著，可因為有了一個溫暖的懷抱，心卻不再那麼孤單淒冷了。

少昊凝視著蚩尤和阿珩，可蚩尤和阿珩眼中卻只有彼此。他默默地轉過了身子，挺著背脊，昂著頭，一步一步離開，視線卻渙散虛無。

玄鳥載著他，飛向高空，今夜月淡星明，一顆顆星星，猶如一盞盞燈光，他仰望著滿天星光，忽而縱聲狂笑，笑得前仰後合，幾乎要跌下去。

高辛河流上的萬盞燈光安全了，可是他所擁有的最後一盞燈光卻徹底熄滅了！

七日後，按照風俗，要給昌僕行祭禮。

昌僕刺殺彤魚氏罪不可恕，可她已經一命抵一命，在阿珩的遊說下，黃帝下令釋放了被拘押的若水族戰士，允許他們去祭奠昌僕，不過不許返回若水，以後就作為顓頊的貼身侍衛永遠留在軒轅山。

黃帝也親自去祭奠昌僕，儀式由小宗伯帶著顓頊完成，可顓頊遲遲不肯開始，說是要等姑姑。

小宗伯催了他幾次，顓頊只是緊抿著嘴角，不說話。他來之前，姑姑對他說：「你先去看你爹和娘，姑姑要去拿點東西送給你娘，讓你娘安心地隨你爹離開。」

黃帝冷眼旁觀。

顓頊全身縞素，站在最前面，小臉繃得緊緊。許是剛經離喪，他的眼睛裡有著不合年齡的老成，看人時帶著冰冷的警惕和刺探，因為年紀還小，不懂得掩飾，那種咄咄逼人的銳利越發令人心驚。

小宗伯看了看時辰，不敢再拖，下令儀式開始，可小小的顓頊竟然上前幾步，對所有人斬釘截鐵地說：「我說什麼時候開始才能開始！」

「可是時辰不對……」

顓頊抬眼盯著小宗伯，「這裡面躺著的是我爹娘，我來做主！」

小宗伯一句話都說不出來，不知所措地看向黃帝，黃帝不吭聲，只是看著顓頊。

黃帝記得第一次見顓頊時，顓頊還在襁褓中，他把顓頊抱到懷裡，發現他對琴聲很敏感，宮廷樂師彈錯了一個音節，連話都不會說的顓頊卻會蹙眉，黃帝以為顓頊的性子隨了昌意，貪戀琴棋書畫這些沒用的東西，從此就對顓頊再沒留意，可這一次，黃帝開始對顓頊另眼相看。

這一天也是彤魚氏的祭禮，可因為嫘祖是王后，青陽是眾人心中未來的黃帝，黃帝又對外宣稱昌僕是戰場上受了重傷，傷重不癒而亡，所以祭禮自然要比「病亡」的彤魚氏隆重很多。

彤魚氏的墓前冷冷清清，只有夷彭一個跪著。

阿珩走了過去，夷彭喝斥，「滾遠點！」

阿珩沒理會他，依舊走到了墓邊，夷彭勃然大怒，揮掌打阿珩，招招都是斃命的殺招，「妳是來炫耀嗎？」

阿珩邊閃避邊說：「我該炫耀什麼？炫耀我的三個親哥哥都被你們害死了嗎？炫耀我的母親被你的母親逼得已經沒有多少日子可活了嗎？」

夷彭驚疑不定地問：「妳在胡說什麼？青陽不是活得好端端？」

「他已經死了，當你設計讓父王誤會他真要毒殺父王時，他喝下的毒藥正好在和蚩尤對決時發作，死在了蚩尤掌下。」

「那歸墟水底閉關療傷的青陽是假的？」夷彭哈哈大笑起來，笑得上氣不接下氣，「娘，妳聽到了嗎？害死哥哥的兇手原來早就死了！那個老毒婦也要死了！」

阿珩冷眼而看，夷彭笑夠了，才看著阿珩，說道：「以妳的性子，這應該是妳送給我的祭禮。小妹，妳打算怎麼殺了我呢？」

阿珩說：「我已經動手了。」

夷彭笑說：「我相信妳的話，可我不明白。」

「在幾千年前，我母親和炎帝曾是結拜兄妹，炎帝病危時，把他一生心血凝結的《神農本草經》給了我。」

夷彭恍然大悟，「難怪妳能混淆妳那個小野種的懷孕日子，可縱使有《神農本草經》也不可能輕易讓我中毒。」

「我知道，可你忘記了嗎？我們是同一個師傅教導，我非常熟悉你的靈氣運行。毒是分兩步下，第一步，就在這裡。」阿珩看向彤魚氏的墓，「你這幾日常常在這裡一跪就跪一個晚上，傷心時，護體的靈力會虛弱很多，邪氣很容易入侵。」

「這是靈力加持過的墓穴，如果有毒肯定會有變化。」

「是啊，所以我用的藥不能算是毒，反倒是對提升靈力大有裨益的藥，能讓你的靈力在短時間內急速提高。我剛才告訴你青陽已經死了，你情緒激動，狂笑時吸入了很多不該吸入的東西，這些也不是毒藥，不過和你體內的藥碰到一起後，再結合你特殊的靈力運行，會引導你的所有靈力匯聚向心臟，你的心臟最後會因為承受不住自己的強大靈力，心炸而亡。」

夷彭愣住，阿珩說：「我是炎帝神農氏的徒弟，不是九黎毒王的徒弟，不是非要毒才能要人命。」

生既無歡，死又何懼？夷彭笑了笑，凝聚起所有靈力，想一掌打死阿珩，「那也好，咱們一起上路！」

阿珩靜站未動。夷彭掌力送到一半，就栽倒在了墓前。

他剛才凝聚的靈力全都在向他的心臟湧去，胸口的血管似乎要炸裂，痛得他全身痙攣抽搐。

夷彭努力地克制著亂流的靈氣，臉色從白轉青，又從青轉紅，無數靈氣就好似無數條毒蛇鑽噬向他的心臟，臉皮都痛得在顫抖。

阿珩蹲在他身前，眼中情緒非常複雜，她恨他，所以才設計這個痛苦的死亡方式給他，可如今看到他的痛苦，她同樣覺得痛苦。

「夷彭，如果我不殺你，你是不是會對顓頊下殺手？」

夷彭痛得面容扭曲，卻仍舊狂笑著，猙獰地說：「是！他娘殺了我娘，我怎麼可能放過他？你們都要死……啊！」他痛得說不出話，雙手撕打胸口。衣服被他撕碎，露出了左肩上的傷痕，五個暗紫的圓，好似一個爪子的形狀。

阿珩面色驟變，雙目中全是淚光。

「啊——啊——」夷彭痛得慘叫，跌倒在阿珩腳下，縮成一團，肩頭的傷痕越發清晰。

阿珩哆哆嗦嗦地伸出手，搭在了夷彭的肩上，把靈力送入他體內，緩解著夷彭的痛苦。夷彭撕扯推打著她，「妳滾開！」她卻沒有避讓，任由夷彭撕打著她，衣袖被夷彭扯裂，露出了胳膊。她的胳膊上也有一道傷痕，和夷彭肩上的傷痕很像，像是半個爪子。

夷彭的手從她胳膊上打過，突然就慢了一慢。

阿珩的靈力起了作用，疼痛漸漸消失。離去的疼痛似乎把他心裡的一切悲傷恨怨都抽空了。他的心就好似變成了一汪潭水，清澄乾淨，日光投射進來，能穿透漫長的悠悠時光，清晰地看到潭底，有一個不知憂愁的少年。

父王規定他和阿珩一塊讀書，為他們選定了同一個師傅，母親卻禁止他和阿珩說話，每日清晨，阿珩都會躲在牆角等他，手拉著手一起去上課。

夏日的午後，他們一起從高高的橋上往水裡跳，比賽誰濺起的水花大。冬日的雪地裡，他們一起趴在雪上，用籮筐捕雀鳥。他會把最喜歡的鸚鵡送給阿珩，阿珩會為他繡荷包，打最美麗的荷包穗子。

野草叢生的荒涼山坡是他們的祕密樂園，你追我趕，一起捉蝴蝶，一起捕蟋蟀，一起挖蚯蚓，妳叫我「九哥，慢點」，我叫妳「阿珩，快點」。

也許因為母親、哥哥們禁止他們一起玩，他們倆都很叛逆，就越發往一塊湊。明明很要好，可只要在家族的聚會上，都會裝作誰都不認識誰，等到背人處，卻會相視而笑，彼此偷偷做鬼臉，竊喜於父母兄長不知道他們的小祕密。

一起吃飯時，因為排行，兩人挨著坐，不敢說話，可桌子下面，卻是你碰一下我，我再輕輕踢一下你，一起抿著嘴角偷偷笑。

聽說象罔叔叔捉了個很厲害的妖怪，他們一起蹺課去看大妖怪，兩個腦袋湊到一塊，竊竊私語一會就有無數陰謀詭計，竟然把所有的侍衛都誆騙走了。他們跑進去，無意中破壞了禁制，凶暴的妖怪被放出來。他們嚇得狂跑，阿珩穿著裙子跑得不利索，被妖怪一爪拍下，就把胳膊拍斷了。他回身去看阿珩，阿珩半邊身子都是血，衝著他大叫，「九哥，快跑，快跑！」

他好害怕，是很想跑，可是他更怕阿珩被妖怪吃了，他跑回去救阿珩，對著妖怪跳，揮著雙手，「來啊，來啊，來追我啊！」

妖怪被激怒，扔下阿珩，來追他，他跑不過妖怪，被妖怪抓住，一隻鋒利的爪子貫穿了他的肩膀，另一隻鋒利的爪子要刺向他的心口，阿珩拖著斷胳膊，飛快地躍到妖怪的肩上，用力砸妖怪的眼睛，邊砸邊哭，「九哥，九哥，你疼不疼？」

他可不想和女孩子一樣嬌柔軟弱，努力對阿珩做鬼臉，故作滿不在乎，抽著冷氣說：「這妖怪還算厲害。」

阿珩被他的鬼臉逗得破涕而笑。

幸虧象罔叔叔及時出現，把他們兩個救了下來，雖然叔叔、哥哥們都為他們求情，可父王十分生氣，關了他們的禁閉，還讓醫師把他們的傷痕都留著，讓他們牢牢地記住教訓。

那些一起學習，一起嬉戲，一起和父母作對，一起欺騙哥哥的日子……

夷彭握著阿珩的胳膊，表情很恍惚，似乎不明白他們為什麼會變成了今日這樣。

「阿珩。」夷彭輕輕地叫，自從三哥軒轅揮死後，他只肯客氣地叫她小妹。

阿珩的淚水潸然而下，「九哥。」自從青陽死後，第一次情真意切地把他看作哥哥。

夷彭微笑著說：「如果可以不長大，該多好，真想回到小時候。」

阿珩的靈力再無法束縛他的靈力，疼痛又開始加劇，夷彭悄悄摘下了阿珩掛在腰間的匕首——那把昌僕用來自盡的匕首，用盡最後一絲力氣扎入了自己的心口，「阿珩，這次的妖怪太厲害，我們都輸了。」

「九哥，九哥……」

阿珩驚慌地叫，滿面都是淚，夷彭卻衝她做了個鬼臉。

鬼臉僵硬在臉上，成為了永恆的告別。

「九哥！」阿珩抱住了夷彭，泣不成聲。

山坡上，彩蝶翩飛，有少年少女在風中奔跑跳躍，愉快的笑聲隨風蕩漾。

阿珩，阿珩，快點，快點！

九哥，九哥，慢點，慢點！

哈哈哈哈……哈哈哈哈……

在顓頊的堅持下，眾人一直守在昌意和昌僕的墓前等候。

阿珩面色煞白，搖搖晃晃地走過來，小宗伯看她到了，立即宣布儀式開始。

阿珩手中握著一把沾滿了鮮血的匕首，是阿珩和少昊送給昌意和昌僕的結婚禮物，是刺殺了彤魚氏的匕首，也是昌僕用來自盡的匕首，可今日的鮮血又是為何？

哀樂聲中，阿珩用力把匕首插在墓前，「四嫂，妳可以安心去陪四哥了，再沒有人會傷害顓頊。」

別人都沒聽懂她的話，黃帝卻臉色立變，「珩兒，妳究竟做了什麼？」

「我把所有事情做了一個了結！」阿珩站著，身子搖搖晃晃，好似風一吹就會倒，面容卻異樣倔強冷漠。

黃帝心驚肉跳，轉身向彤魚氏的墓奔去。

半晌後，山林深處突然傳出了一聲短而急促的哀叫。阿珩的身子晃了一晃，好似要摔倒，卻硬是咬著舌尖，站住了。

阿珩抱起顓頊，「我們回家，回去看奶奶和妹妹。」

顓頊雙手握著匕首，「這個呢？要留給娘嗎？」

阿珩說：「你留著吧，用這個保護好自己，讓你娘心安。」顓頊抱著匕首，唇角緊緊地抿著，凝視著父親和母親的墓，用力點了點頭，似在許諾。

阿珩前腳進朝雲殿，黃帝後腳提著劍衝進了朝雲殿。

侍女們壓根來不及稟告，黃帝徑直闖進廂殿，舉劍就要殺阿珩，朱萸想阻攔，卻沒攔住，玖瑤害怕地大哭起來，一邊哭，一邊和顓頊一左一右用力抱住黃帝的腿，可根本攔不住黃帝的步伐。

阿珩端坐不動，仰頭盯著黃帝，坦然無懼。

黃帝高舉著劍，手簌簌直抖，揮劍欲砍。

「你要想殺就先來殺了我！」嫘祖蒼老虛弱的聲音突然響起。

原來，雲桑見形勢不對，立即去找了嫘祖，此時扶著嫘祖剛匆匆趕到。

黃帝心頭一驚，劍勢一偏，沒有砍中阿珩，他回頭盯著嫘祖，怒指著阿珩問：「妳知道她做了什麼嗎？她在彤魚的墓前殺了夷彭，夷彭的鮮血把整個墓塋都染成了血紅……」黃帝的聲音發顫，說不下去。

嫘祖冷聲斥問：「你查過了嗎？怎麼可以查都沒查就給珩兒定罪？」

黃帝悲笑，譏嘲地問：「需要查嗎？」他盯著阿珩，「是妳做的嗎？」

阿珩面無表情地看著黃帝，淡淡問：「父王覺得呢？也許在千年前，二哥死時，父王能清楚地回答大哥的質問，壓根不會有今日的一問。」

黃帝的身子驟然一顫，手中的劍哐噹一聲掉到了地上，「妳已經不是我的小女兒珩兒了！」他盯著阿珩，淒傷欲絕地說：「雲澤死後，我就怕會有今日。我不顧所有人反對，特意讓一個師傅教導妳和夷彭，讓你們一塊學習、一塊玩樂、一塊長大，就是希望著不要發生今日的事情。」

他抓起阿珩的胳膊，「看到這個傷痕了嗎？還記得夷彭如何救了妳嗎？我不讓醫師把疤痕消掉，並不是為了懲戒你們淘氣，只是想讓你們一輩子都記住你們是血濃於水的兄妹！」黃帝重重扔下阿珩的胳膊，「這個疤痕妳永遠消除不掉，妳就日日帶著妳殺死夷彭的記憶活下去吧，活一日，痛苦一日！」黃帝轉身就走，離開了朝雲殿。

阿珩身子僵硬，不言不動，不管誰和她說話，她都沒反應，小夭哭著叫娘，她也好似聽不到。嫘祖讓他們都下去，安靜地抱住了阿珩，輕輕地拍著她的背，好似安撫受驚的孩子。

半晌後，阿珩慢慢恢復了神識，對嫘祖喃喃說：「我殺了九哥。」再支撐不住，精神徹底崩潰，癱倒在嫘祖懷裡，嘶聲痛哭，「我不能讓九哥傷害顓頊。我不後悔，我只是後悔我沒有早做，如果我早一點下了決斷，肯狠心殺了九哥，四哥就不會死，四嫂也不會死。」可她的眼淚卻是洶湧不停，全身上下都冰涼，不停地打寒戰。

「娘明白，娘都明白。」嫘祖輕拍著女兒的背，眼淚潸然落下，這原本是她應該來承擔的一切，可她當年軟弱地逃避了，到今日她的女兒只能站起來承擔一切。如果一切能回頭，她寧願戳瞎自己的雙眼，也不要看到那個軒轅山下的少年。

# 第三十二章 留戀處，軍角催發

朦朧月色下，千年的無情流光被遮去，
榻上人影依稀，彷彿還似當年時。
黃帝不知不覺中，衝口而出，「我走了，阿嫘。」
竟然猶如幾千年前一樣，每次他上戰場前的告別。

自從榆罔被陣前斬殺，神農士氣洩、民心散、節節敗退，可祝融的慘烈身亡卻令所有神農遺民精神一震，就像是在絕地中聽到了激昂的衝鋒號角。

祝融用自己的身體不僅僅點燃了一座火山，還點燃了無數神農男兒奮起反抗的心。神農國雖然破了，民卻仍在，無數人從四面八方匯聚而來，舉起反抗的旗幟，用鮮血和生命對抗黃帝。

恐怕連祝融自己都沒有料到，他的死竟然扭轉了整個大荒的局勢，炎黃之爭從此綿延幾百年，無數男兒慷慨赴死，譜寫了神族歷史上最悲壯淒美的一頁，以至於顓頊登基為天帝，下令隔絕天地、湮滅典籍後，神族大戰的故事仍在世間隱隱流傳。

黃帝卻早料到今日的局面，所以他一直不敢失敗，選擇了容易對付的祝融，但人算不如天算。祝融竟然用一場驚天動地的大火點燃了整個神農，現在的神農就好似潺潺小溪逐漸要匯聚成一條怒號奔湧的大河，與其等著他們士氣凝聚，一怒而發，不如在他們還沒完全凝聚起來時，開始進攻，掌握主動權。

黃帝下令軒轅休和蒼林攻取澤州城。

軒轅休帶領兩萬軒轅精銳，排出攻城陣勢，開始進攻。

按照慣例，澤州這樣的軍事要塞，因為占據了地理優勢，只需待在城中死守即可，以靜制動，這樣既能充分發揮整個城池的建築優勢，又可以減少傷亡，節省兵力。沒想到蚩尤完全不按棋理下棋，竟然領著一百來人衝出了城池，和軒轅大軍正面對抗。

因為人數少，行動迅速，衝襲敏捷，蚩尤又氣勢勇猛，猶如猛虎下山，帶領著一百來人一會衝到左，一會衝到右，竟然把軒轅兩萬人的方陣衝得潰不成軍，一口氣斬殺了兩千多人，等軒轅休終於反應過來，控制了軍隊，下令圍剿蚩尤時，他又和旋風一般，颳回了城裡。

剛一相逢，氣勢上就輸給了蚩尤，軒轅休氣急敗壞，大喊著正面對決，可無論他如何在城前叫罵，蚩尤都笑嘻嘻地站在城頭，就是不再出城，像是看風景一樣看著他。

蚩尤命人把剛剛斬殺的兩千多個頭顱每一百個串成一串，掛在了城頭，未完全乾涸的人血把褐色的城牆染成了暗紅。

軒轅士兵看到那從城頭直垂而下的人頭，心中不寒而慄，對蚩尤又恨又怕。

此後的日子，軒轅和神農每交鋒一次，城樓上懸掛的人頭就增加一次，好似掛燈籠一般，掛得累累串串、密密麻麻，就連最膽大的人看一眼澤州城都會心驚肉跳。

剛開始，蚩尤狂妄殘忍的行為激怒了剽悍的軒轅戰士，他們的鬥志空前高昂，立志要殺死蚩尤，為袍澤們復仇，可蚩尤戰術變化多端，時而像老虎一般凶猛，時而像毒蛇一般隱忍，時而又像狐狸一般狡猾，無論軒轅戰士如何剽悍，城牆上的人頭依舊在日日增多。

軒轅士兵對蚩尤的感覺越來越複雜，剛開始他們以為蚩尤是塊巨石，只要用力就可以把蚩尤搬走，後來發現蚩尤是座山，無法搬走，他們就認為只要戰術得當，齊心合力也一定能翻越蚩尤，可無論他們怎麼爬，無論他們用什麼方法，爬得越高只會發現蚩尤越高，而且蚩尤隨時有可能搖身一變，化作深淵，把他們一個個都活活摔死。

軒轅族的戰士因為自小生長於貧瘠的土地，民風好鬥，他們的性子都很剽悍，越是剽悍的人越難感受到恐懼，可一旦有更剽悍的人讓他們感受到恐懼，那種恐懼比死亡更有威懾力，即使他們口頭不承認，但恐懼就像瘟疫，不滋生時什麼事情都沒有，一旦滋生就會無法控制地蔓延開來。

斷斷續續地，這場戰役已經打了一年多。

軒轅休組織了兩次大的進攻，無數次小進攻，全被蚩尤粉碎，澤州城巍然不動，唯一的變化就是城牆上掛著的人頭，已經增加到一萬多。

在一萬多個人頭面前，澤州城比魔域虞淵更可怕，每當蚩尤一身紅袍站到城頭，猶如魔王出現，所有人都會下意識地覺得脖子一涼，似乎蚩尤的長刀割過了自己的脖子。

一個陽光明媚的清晨，蚩尤站在城頭展了展懶腰，瞇眼看了一會燦爛的太陽，突然對風伯和雨師說：「打開所有城門，率領所有人一起進攻。」

雨師和風伯都笑著打了個響亮的呼哨，分頭去招呼兄弟們。

軒轅的士兵目瞪口呆地看著澤州城所有的城門一扇扇打開——這就是他們在這裡苦苦打仗的目的。此時城門開了，他們卻毛骨悚然。

蚩尤駕馭逍遙衝出城池，神農軍隊密密麻麻地從城池內衝了出來，就好似被困在籠子裡多日的野獸，個個都勇猛剽悍無比，軒轅族的士兵心生懼怕，難擋其銳，節節敗退。

下午，黃帝收到消息，軒轅戰敗。原本八萬多士兵，只剩了不到四萬人。

畏懼如瘟疫一般擴散迅速，從戰場傳回了軒轅國。軍營中，士兵們繪聲繪色地說蚩尤每殺一個人就會用鮮血洗澡，他殺的人越多靈力就越高強。隨著流言，蚩尤在軒轅士兵心中既是凶殘的魔鬼，又是不可戰勝的戰神。

丟失土地城池並不是黃帝最擔憂的事情，令黃帝最擔憂的是士兵對蚩尤的畏懼，沒有人比他更清楚畏懼的力量，神農就是因為畏懼，在一夜之間分崩離析。軒轅之前的節節勝利並不是說軒轅國的戰士比神農國的戰士更善於打戰，只不過因為他們相信自己會贏，兩軍相逢，勇者勝！

黃帝下令一旦發現誰談論蚩尤，妖言惑眾立即嚴懲，可他也知道這樣做只是飲鴆止渴，短時間內有效，時間一長反倒會因為禁止談論蚩尤讓所有人越發畏懼蚩尤。

唯有勝利才能消泯畏懼！

黃帝增派了大軍，命自己的左膀右臂離朱和象罔領軍，總共十二萬人圍攻蚩尤。

一年多後，軒轅再次大敗，十二萬人的軍隊只剩了五萬人，被蚩尤追逼到阪泉。

消息傳回軒轅城，黃帝竟然失態得一下子軟坐到了榻上。

阪泉！得阪泉得中原，失阪泉失中原！他不能失去阪泉！

可如今軒轅士氣低靡，神農士氣高漲。軒轅士兵對阪泉沒有任何感情，不可能有死守的動力，但對神農士兵而言，阪泉是他們的故土，炎帝榆罔就死在阪泉，是神農族的恥辱之地，人知恥方勇，他們會不惜一切代價奪回阪泉，一雪前恥。

兩軍相逢，誰勝誰輸似乎已經一目了然。

因為兵力不足，黃帝再顧不上共工，撤回了去追剿共工的軍隊，增兵阪泉，並且對領兵的離朱和象罔下了死令，不許出城迎敵，只許死守，如果不能守住阪泉，他們也不必回來見他了。

可黃帝也知道，這只是權宜之計。除非領軍的大將能夠激勵起軒轅士兵的勇氣，不再懼怕蚩尤。舉目軒轅國，只有兩個人能做到這一點：青陽和黃帝，而青陽重傷根本無法領軍作戰。

黃帝走進了軒轅山中的兵器室，侍從想跟進去，黃帝揮了揮手，示意他們在外面等。

黃帝重武，兵器室相對宮殿而言修建得很奢華，長方形的格局，中間留空，地下嵌著玉山的玉髓，屋頂用的是歸墟的水晶，左右兩排陳列著武器和盔甲，看似很多，實際只供兩個人使用。左列的盔甲武器屬於他，右列的盔甲武器屬於嫘祖。左邊的盔甲都是混合了黃金打造，右面的盔甲都摻雜了白銀，光線映照，一邊金光耀眼，一邊銀光璀璨，交相輝映，滿堂生輝。

黃帝走到左邊，一個個盔甲細細看過，直到選中一個滿意的。他將盔甲細細擦拭，擦拭完後，仔細端詳著，突然發現這竟然是他的第一套盔甲。

幾千年前，隨著軒轅族的版圖擴張，他們面對的敵手越來越強大，一群剛小有了名氣的年輕人嘻嘻哈哈地說該給他鑄造一副拿得出手的盔甲了，不然走出去多沒面子！每個人都把自己手裡私藏多年的寶貝拿了出來，為材質、顏色、樣式爭論不休，一直沉默的阿嫘突然說盔甲的顏色應該是最純的金子色澤，像太陽一樣光芒耀眼，一旦出現就像是太陽升起，令整個戰場的戰士都能看到。

大家都反對，太引人注意了，那不是讓敵人當箭靶子射嘛？

阿嫘不說話，只是看著他。他笑了笑，朗聲宣布，就用最純粹的黃金色澤！

在其後的幾千年，他的黃金鎧甲成了軒轅族勇氣的象徵。幾次陷入絕境，就要全軍覆滅，可只要他穿起鎧甲，走向戰場，不管在任何一個角落的軒轅族士兵都能看到他，都知道他們的族長沒有退縮，這些世間最勇敢剽悍的兒郎就會跟著他一起戰鬥到最後一滴血。

黃金鎧甲，對軒轅族的所有戰士而言，的確比太陽更耀眼，照耀著他們的勇氣；對他們的敵人而言，黃金鎧甲卻代表著死亡，光芒到處，就會滋生畏懼。

黃帝回頭凝視著右面的一列鎧甲，每一套鎧甲背後都有一次血戰。黃金鎧甲的光芒很耀眼，以至於人們忽略了那站在太陽陰影中的銀色鎧甲，可是浴血奮戰過的他們都知道。

軒轅建國後，好幾次，他想把這列鎧甲撤掉，卻遭到知末的激烈反對，象罔幫著知末，只有離朱默不作聲，但顯然他也並不贊成。所以，他知道嫘祖在他們心中仍不可撼動。

千年來，黃帝第一次仔細地看這些與他的金甲並列的銀甲。

黃帝走到一件肥大的銀絲軟衣前，往事湧回心頭，這並不是鎧甲，卻值得和所有鎧甲並列。

豎沙國和其他三族聯合圍剿軒轅族，阿嫘懷了青陽，不能隨軍出征，他派侍衛護送她進入深山躲避。激戰幾天後，誤入流沙陣，被陣勢牽引，黃金鎧甲變得越來越沉重，離朱勸他脫下鎧甲逃生，他知道絕不行，鎧甲不脫，所有士兵還會因為他給予的一線希望而苦苦堅持，鎧甲一旦脫下，他也許可以逃生，軒轅族卻會死在這裡。

流沙陣內，黃沙漫天，連黃金鎧甲的耀目光澤都被漸漸遮蔽，就在所有人都絕望時，他忽然看到一抹璀璨的銀色閃過天際。他以為看花了眼，可是下一瞬，就清楚地看到阿嫘穿著一件銀色蠶絲製成的軟衣，駕馭著蒙了雙眼的四翅白蛾，帶著她從赤水氏借來的五百士兵飛馳而來。

一個瞬間，他全身上下都充滿了力量，舉臂高呼，敵人驚慌失措，軒轅族卻軍心大振，他與阿嫘裡應外合，反敗為勝。那一戰不僅讓豎沙國宣布從此效忠軒轅，還讓西北各國都不敢再輕犯軒轅。

黃帝撫摸著銀絲軟甲，冰涼入骨，千年了！竟然已經幾千年了！

黃帝走出了兵器室，向著山間小徑走去，侍從們剛想跟隨，他說：「我想獨自走一走。」

沿著山間小徑進入一個隱蔽的溶洞，從另一邊的出口出來時，就已經到了朝雲殿的背後，這是當年修建宮殿時，他發現的隱祕通路。

因為疏於打理，朝雲殿後已經荒草蔓生，黃帝走過沒膝的野草，沒驚動任何人，到了廂殿。

庭院中的鳳凰花開得正好，滿樹紅花，累累串串墜滿枝頭，微風過處，花瓣簌簌而落。

樹上吊著一個鞦韆架，玖瑤站在鞦韆架上，邊蕩邊叫：「外婆，看我，外婆，看我，我蕩得比樹葉都高了。」

屋簷下，放著一張桑木榻，白髮蒼蒼、形容枯槁的嫘祖靠躺在榻上，似在昏睡，可每當玖瑤叫她時，她又會微笑。

顓頊靠著榻尾，盤腿而坐，在低頭看書。

朱萸和雲桑一人端著一個竹籮坐在石階上，一邊擇著嫩芽，一邊商量著晚上該做什麼吃。

「大舅娘看我。」

「看到了，看到了，妳蕩得比樹都高。」雲桑笑著說。

「哥哥……」

顓頊雙手堵住耳朵，表示什麼都聽不到。

玖瑤蕩到最高處，忽然躍下鞦韆，摘下樹頂的一朵鳳凰花，飄身落下，用力一扔，把花砸到了顓頊頭上，得意洋洋地一昂下巴。

顓頊不屑地瞟了眼玖瑤，驀然從地上騰起，身子直接躥向樹頂，從樹頂摘了一朵鳳凰花，又從容地轉了個身，站到了地上。

玖瑤滿臉不服，剛要說話，阿珩說：「不許吵架！你們兩個既然都這麼能幹，去桑林裡撿一些枯葉來，奶奶喜歡喝桑葉熏過的熏魚湯。」

玖瑤耷拉著臉，瞪了顓頊一眼，小聲說：「都是你。」

顓頊倒是很聽話，立即拿起一個籮筐跑進桑林，玖瑤卻跑到嫘祖身邊，賣乖地說：「外婆，今兒晚上的魚湯可是我為妳做的哦，妳要多喝一點。」

雲桑和朱萸都噗哧一聲笑起來，黃帝也不禁搖頭而笑，這孩子倒是很有奸臣的潛質，諂上媚主，空口說瞎話，先把功勞全攬了。

阿珩看太陽已經落山，地上的潮氣上來了，和朱萸一塊把桑木榻抬入室內。玖瑤依在外婆身邊，賴在榻上，嘀嘀咕咕地說著話。幹活？幹什麼活？外婆拽著她說話呢！雲桑站起，抖了抖裙上的碎葉，端著竹籮向廂殿旁的小廚房走去，還不忘隔著窗戶笑問一句，「小瑤，妳什麼時候來做魚？」

玖瑤衝雲桑做鬼臉。

顓頊抱著籮筐回來了，朱萸在院子裡熏魚，雲桑在廚房裡做菜。

煙熏火燎的氣息——黃帝覺得無限陌生，已經多久沒有聞過了？他甚至不知道宮裡的廚房在哪裡，可又覺得無限熟悉，曾經這一切陪伴著他的每一日，他記得還是他教會阿嫘如何做熏魚，當年的西陵大小姐可是只會吃、不會做。

阿珩進了廚房去幫雲桑，顓頊和玖瑤跪坐在嫘祖榻邊玩著遊戲，用桑葉的葉柄拔河，誰輸就刮誰的鼻頭一下，嫘祖做判官，監督他們。

夜幕降臨時，飯菜做好了，人都進了屋子，院子裡安靜了，冷清了，黑暗了。屋內卻燈火通明，一家人圍在嫘祖身邊。

嫘祖的手已經不能自如活動，阿珩端著碗，餵著嫘祖吃飯，好似照顧一個孩子，黃帝鼻子猛地一酸，這個女人，曾穿著鎧甲，馳騁過千軍萬馬，英姿烈烈！

用完飯，阿珩和雲桑又陪著嫘祖喝茶說話，估摸著食消了，雲桑帶著孩子們去洗漱安歇，阿珩和朱萸留下來照顧嫘祖。

阿珩安置母親歇下後，讓朱萸去休息，她就睡在隔牆的外間榻上，方便晚上母親不舒服時，她隨時起來。

阿珩歪在榻上，剛翻看了幾頁醫書，一陣香風吹進來，眼皮子變得很沉，暈暈乎乎地失去了知覺。

黃帝推開窗戶，躍進室內，走到了嫘祖榻邊。

紗帳低垂，看不清裡面的人。

他隔著紗帳，低聲說：「我知道妳我已恩斷情絕，只能趁妳睡了來和妳辭別。軒轅如今看似兵力強盛，可真正能相信的還是跟隨我們一路浴血奮戰過來的幾支軍隊，歸降的軍隊只能指望他們錦上添花，絕不要想他們雪中送炭。蚩尤的軍隊已經到了阪泉，我決定親自領兵迎戰，挑選了半天的鎧甲，居然挑中了你們為我鑄造的第一套鎧甲。妳還記得當年所有人都反對我們用耀眼的金色嗎？」

阿珩體內有虞淵的魔力，黃帝的靈力並未讓她真正睡死。她突然驚醒，發現榻邊盛放夜明珠的海貝殼張開著，自己竟然枕著竹簡就睡著了，臉被磕得生疼。

阿珩正要起身收拾竹簡，一抬頭，看到一道黑黑的人影投在牆壁上。她心頭一驚，掌中蓄力，屏息靜氣、躡手躡腳地走過去，卻看見站在母親榻前的是父王。看似凝視著母親，可又隔著一段距離和密密紗簾。

阿珩驚疑不定，不明白父王為什麼要潛入自己的宮殿，於是悄悄躲在了紗幔中，靜靜偷看。

黃帝微微而笑，自言自語地說：「他們不明白一個人想要擁有萬丈光芒，就要不怕被萬丈光芒刺傷。還有什麼顏色比太陽的顏色更光芒璀璨？」

黃帝眼神堅毅，語聲卻是溫柔的，猶如對著心愛的女子傾訴，「統一中原，君臨天下是我從小的志願，如果此生不能生臨神農山，那就死葬阪泉。」黃帝走近了幾步，伸出手，似乎想掀開簾帳。此一別也許就是生死永隔！可手抓著簾帳停了半晌，神情越來越冷，終還是縮回了手，身形一閃，已經到了院外，兩扇窗戶在他身後緩緩合攏。

在他回頭間，風吹紗帳，帷幕輕動，朦朧月色下，千年的無情流光被遮去，榻上人影依稀，彷彿還似當年時。

黃帝不知不覺中，衝口而出，「我走了，阿嫘。」竟然猶如幾千年前一樣，每次他上戰場前的告別。

大荒第一猛禽重明鳥落下，黃帝躍上重明鳥背，沖天而起，消失在雲霄間。

阿珩腳步虛浮地走到榻邊，父王要親自領兵出征，與蚩尤決一死戰！

她無力地合攏盛放夜明珠的海貝，呆呆地坐著。

她和蚩尤已經好幾年沒有見過了，她也從不提起他，可是，他一直在她心底，陪伴著她的日日夜夜。

四嫂自盡前留下遺言說四哥已經不恨蚩尤，可母親知道大哥已死，阿珩怕母親看到蚩尤受刺激。上一次蚩尤來看她時，她一再求他，不要再來朝雲峰。

這幾年，在她的悉心照顧下，母親最後的日子平靜安穩。

她也在刻意忽略蚩尤和軒轅的戰爭，只知道他一直在勝利。

現在，父王要親自領兵迎戰蚩尤了！

阿珩突然跳起，匆匆出去，叫醒朱萸，叮囑她去照顧嫘祖。

她趕去雲桑屋子，外間的榻上，被子捲著，卻不見雲桑，阿珩來不及多想，直接走到裡間，顓頊和小夭並排而躺，睡得十分酣沉，阿珩隨手拽了件披風，裹好小夭，乘坐烈陽化成的白鳥，星夜趕往阪泉。

烈陽自虞淵出來後，體內魔力凝聚，速度雖然不能和逍遙比，比其他坐騎卻快很多。

阪泉城外，是蚩尤的大軍駐紮地，與阪泉城內的黃帝大軍對峙。

軍帳內，火燭通明。神農的幾位大將、四王姬沐槿都在。

蚩尤聽風伯、雨師彙報完日常事務後，說道：「黃帝肯定捨不得放棄阪泉，在青陽重傷的情況下，軒轅國內再無大將能和我對抗，按我的預料，黃帝應該要親自領兵出征了。」

雨師默不作聲，風伯神情凝重，沐槿先是興奮地說：「那我們就能為榆罔哥哥報仇了。」可轉而又想到，黃帝可不是一般的帝王，他是軒轅的開國之君，靠著南征北討，才創建了雄立於世的軒轅國，她的興奮漸去，心頭生起了恐懼，盯著蚩尤問，「你有把握打敗黃帝嗎？」

蚩尤淡淡一笑，「妳明日回神農山，這裡不是妳遊玩的地方。」

沐槿不滿地瞪著蚩尤，半嗔怒半撒嬌地嚷：「我哪裡是遊玩？我是來幫你，好不好？難道我不是神農子民？你可別以為我是女子就不行，我告訴你……」

蚩尤打了個大呵欠，展著懶腰站起來，「已經是半夜，都睡吧！」說著話，大步流星地出了營帳。

沐槿鼓著腮幫子，氣鼓鼓地瞪著蚩尤的背影，一瞬後，神情漸漸哀傷，戰場上有今天沒明天，她對他有什麼氣可生的呢？

她回到營帳，洗漱休息，翻來覆去，總是睡不著。自從榆罔死後，她一直盼望著奪回阪泉的一天，如今蚩尤真要和黃帝在阪泉對決，她又害怕起來，萬一、萬一……蚩尤輸了呢？在戰場上，輸，就是死亡。

沐槿坐了起來，黑暗中發了一會呆，沒穿外衣，只裹了一件披風就悄悄出了營帳。

因為蚩尤的命令，蚩尤的大帳周圍沒有一個侍衛守護，沐槿很容易就溜了進去。

虎皮毯子上，蚩尤閉目酣睡，沐槿臉色酡紅，用力咬了咬唇，輕輕褪下衣衫，走向蚩尤。

剛接近蚩尤，蚩尤的手已經掐到了她的脖子上，眼睛也立即睜開。

看到半裸的沐槿，蚩尤愣了一愣，掌間的靈力散去，冷冷說：「不要隨便接近我，剛才我若先發力，後睜眼，妳已經死了。」

沐槿就勢握住了蚩尤的手，半跪在蚩尤身邊，「你還記得嗎？我小時候，和大家一起扔石頭打你，和他們一起叫你禽獸、妖怪。」

蚩尤把手抽了回來，淡淡說：「妳深夜過來，就為了說這個？如果是想道歉，不必了，我不在乎你們怎麼叫我。」

「這些年我一趟趟來，你難道真不明白我的心意嗎？其實，我那時並不討厭你，我甚至覺得你能驅策猛獸很厲害，我只是氣惱於你從不肯討好我，我是王姬，容貌明豔，人人都對我好，唯獨你對我冷冰冰，我氣惱不過，才領著大家一起欺負你，那個時候太年少，不明白自己心裡其實是想親近你，如今後悔也晚了。」

沐槿脫下了最後一件衣衫，身子貼向蚩尤，含著眼淚柔聲央求，「幾百年了，我也不是傻子，我知道你不喜歡我，我什麼都沒指望，可是我害怕、害怕以後再沒機會，害怕我會後悔。就一夜，就今日一夜，我明天就回神農山，你若勝了，全當什麼都沒發生，你若敗了，我會永遠記著今夜，了無遺憾……」

沐槿也不知道是怕，還是羞，身子一直打著顫，眼淚也是一顆又一顆不停地滾落，卻憑藉著女性的本能，無師自通，猶如水蛇一般纏繞挑逗著蚩尤，身子柔若無骨，肌膚膩若凝脂，吐氣如蘭，在蚩尤耳畔喃喃低語，「蚩尤，就一夜，就今日一夜！」

溫香入鼻，軟玉在懷，柔情似水，沐槿不相信蚩尤能拒絕她。

蚩尤卻雙手按在她的肩頭，堅定地推開了她，起身拽起一件衣袍，蓋到她身上，居高臨下的看著沐槿。

沐槿一腔少女最真摯的熱情被打得粉碎，仰頭盯著蚩尤，滿面淚痕，卻再無勇氣嘗試第二次。

蚩尤面無表情地說：「我派侍衛立即送妳回神農山。」

「不用！」沐槿猛地起身，跌跌撞撞地跑出了營帳。

蚩尤默默而坐，不知道在想什麼，神情無喜無怒，無憂無懼。

他拿起枕頭下疊得整整齊齊的紅袍，手輕輕撫過，猶如撫摸情人的肌膚。

一個人躡手躡腳地走進來，蚩尤不耐煩，靈力揮出，「妳怎麼又來了？」

「蚩尤。」阿珩身子向後跌去，所幸蚩尤只是想把沐槿送出帳外，並不是想傷她，急急間，飛躍上前，趕在阿珩跌倒前，又抱住了阿珩。

蚩尤又驚又喜，「阿珩，真的是妳嗎？」幾年不見，驟然相見，猶如做夢。

阿珩也是似喜似悲，好似不認識蚩尤一樣盯著他，看了半晌，才垂下眼簾，含笑問：「你剛才說誰又來了？難道半夜有美女入懷嗎？」

蚩尤似笑非笑，「不就是妳嘛！」

阿珩瞥了他一眼，低聲說：「我眼神不濟，烈陽卻眼尖地看到沐槿衣飾凌亂地從你營帳裡出來。」

蚩尤剛想解釋，阿珩搖搖頭，示意他不必多說，「如果真是沐槿，你就沒有那麼多束縛和顧忌了。有時候，我倒是真希望你能和沐槿在一起。」

「如果不是我，妳也不用冒險星夜入敵營。妳後悔過嗎？」

阿珩沒有回答，只是靠到了他懷裡。

蚩尤抱緊了她，「不管發生什麼，我心裡只有一個妳，以前是妳，現在是妳，以後仍是妳。」

阿珩說：「我父王決定親自領兵出征。」

蚩尤說：「我知道，這本就是我的計畫，逼黃帝不得不在阪泉迎戰我。他在阪泉殺死了榆罔，我也要在阪泉給榆罔一個交代。」

「你不怕輸給我父王嗎？幾千年來，黃帝從沒打過敗仗！」

「我的確很有可能輸給黃帝，不過我不怕這個，我殺人，人殺我，本就是天道，我倒是比較害怕贏！」蚩尤抬起阿珩的下巴，盯著阿珩的眼睛，嚴肅地說：「我若死了，妳無需遷怨妳的父親，黃帝若死了，也求妳寬恕我，這只是兩個男人的公平決鬥。」

阿珩眼眶紅了，「我特意來看你，你就是告訴我你必須殺我的父王？」用力推開蚩尤，轉身想走。

蚩尤趕忙抓住她，「我們難得見一面，上一次見面到現在已經多少年了？阿珩，妳真捨得就這麼走了？」

阿珩神色淒傷，既不說走，也不說留。

蚩尤看到她的樣子，柔腸百轉，心中也是極不好受，遲疑了一下問：「我這一生過得暢快淋漓，沒有任何憾事，可即使我死了，有一件事我仍然放不下，在妳心裡我究竟算什麼？少昊……」

阿珩猛地回身抱住了他，「不許說死！」胳膊越圈越緊，淚水打濕了他的衣襟。

「罷了，罷了，管他是什麼，反正我就是一隻野獸，也不在乎那些。」蚩尤低頭吻著她，在她耳畔喃喃說：「其實，妳冒險來看我，已經說明妳心裡放不下我。」

阿珩拉著蚩尤往營帳外走，「有人和我一塊來見你。」蚩尤不解，倒也沒多問。

僻靜的山林中，烈陽守著沉睡的小夭，看到他們過來，主動飛去了遠處。阿珩把小夭抱給蚩尤，蚩尤說的是不在乎，可真看到小夭和少昊酷似的模樣還是很不舒服，不願意接。

阿珩把小夭強塞到蚩尤懷裡，小夭睡得死沉，阿珩搖醒她，「叔叔要上戰場了，和叔叔道別。」

小夭勉強睜開眼睛，覷了蚩尤一眼，「叔叔。」打了個呵欠又閉上，雙手環抱住蚩尤的脖子，頭往蚩尤肩頭一靠，繼續睡。

阿珩還想叫醒她，蚩尤說：「別叫了，叫急了該哭鬧了。」

阿珩輕輕嘆了口氣，只能由小夭去睡。

蚩尤絕頂精明，心中起疑，不禁就著月色細細審視小夭的五官。因為小夭和少昊酷似的容貌，蚩尤從來不願仔細看她，第一次發現小夭額間有一個淡淡的桃花胎記，他心中一動，問道：「阿珩，小瑤是不是我的孩子？」

阿珩張了張嘴，欲說未說，忽而狡黠地一笑，「你活著，活著就能知道她究竟是誰的女兒。」

蚩尤雖然沒有得到渴望的答案，卻比知道任何答案都喜悅，阿珩要他活著！

他右手抱著小夭，左臂長伸，把阿珩拖進懷裡。

阿珩一手摟著他的腰，一手握著女兒的手，側靠在他懷裡。月光瀉入山林，溫柔地照拂著他們。

阿珩多麼希望，這一刻，就是天長地久。

可是，彩雲易散，好夢易醒。

「竟然是妳，高辛的王妃，軒轅的王姬！妳、妳這個淫婦，真不要臉！」沐槿乘坐雪雁從天而降，聲音尖銳，充滿了憤怒，「蚩尤，你怎麼可以和她……你喜歡誰都可以，她可是軒轅的王姬，早就成婚了！」

阿珩默默不語，只是趕忙用靈力設下禁制，不讓小夭聽到任何聲音，蚩尤卻眼中有了怒氣，「滾回神農山！」

沐槿恨恨地說：「我現在就去告訴風伯、雨師他們，看看有幾個神農將士能接受這個軒轅的淫婦？」

沐槿轉身就跑，蚩尤動了殺機，張開五指，靈力虛引，阿珩立即抓住他，「她是炎帝的義女，榆罔的義妹！」又頻頻叫沐槿，「王姬，妳聽我說幾句。」可沐槿的衝動性子壓根聽不進去任何勸告。

「沐槿，站住！」

一聲清冷的喝斥傳來，悲怒交加的沐槿竟然停住了步子，遲疑地看向四周，「雲桑姐姐？」

雲桑姍姍出現，沐槿指著阿珩，怒氣沖沖地控訴，「原來勾引蚩尤的妖女是這個早就有了夫君的淫婦。」

雲桑淡淡說：「我早就知道了，風伯和雨師也不會在乎蚩尤喜歡的是誰。」

「那些被軒轅摧毀了家園，殺死了親人的神農百姓會在乎！姐姐，妳忍辱負重嫁到軒轅是為了什麼？在這裡浴血奮戰的神農士兵又是為了什麼？所有神農百姓都指望著蚩尤打敗黃帝，匡復神農，他卻和軒轅的淫婦偷偷摸摸在一起，我一定要告訴所有士兵，讓整個神農都知道！」

「沐槿，大戰就在眼前，妳若現在把此事昭告天下，神農軍心散了，被黃帝打敗，倒是出了妳心頭的惡氣，可神農呢？妳這就是為了神農好嗎？」

沐槿愣住，雲桑輕嘆了口氣，「在妳眼中，不是對就是錯，不是愛就是恨，不是朋友就是敵人，如果真能這麼簡單，倒是好了！很多時候，對錯難分，愛恨交雜，既是朋友也是敵人。聽姐姐的話，乖乖回神農山，好好修煉，遲早有一天，妳會明白今日我說的話。」

沐槿是個直腸子，性子衝動，可自小最服的就是雲桑。此時，雖然心中仍然不甘，恨不能立即狠狠地懲戒勾引了蚩尤的軒轅淫婦，卻也明白蚩尤和黃帝的決戰就在眼前，不能胡來。她狠狠地瞪了阿珩一眼，躍到雪雁背上，飛向神農山。

阿珩向雲桑行禮道謝，「幸虧妳在，大嫂是跟著我來的嗎？」

雲桑說：「我的坐騎可趕不上烈陽的速度，我先妳一步出發，卻比妳晚到。」

阿珩不解，她以為雲桑是發現她行蹤詭異，跟蹤而來，可聽雲桑的意思顯然不是，難道她也是來見蚩尤？

雲桑走近了幾步，和他們面對面，壓著聲音說：「前段日子，我悄悄去了一趟高辛，去見那個被酒和藥侵蝕得神智昏亂的諾奈。今日夜裡我是來見雨師，聽說他是你倚重的左膀右臂、心腹大將。」雲桑的語氣是陳述式，眼睛卻緊盯著蚩尤，好似說的是一句問話，在蚩尤眼睛裡尋找著答案。

蚩尤淡淡一笑，眼中卻鋒芒冰冷，「打仗需要大量兵器，高辛是軒轅的盟國，神農即使有錢，都很難從高辛購得兵器。雨師不僅神力高強，還擅長製造兵器，幸虧有他，我們才有源源不斷的好兵器。他現在的確是我的左膀右臂。」

雲桑好像已經在蚩尤的眼睛裡找到了想要的答案，如釋重負，「那就好。」緊接著，她卻面色哀淒，眼中竟然有了淚光，趕在淚珠落下來前，猛然轉身，疾步離去，「我走了，阿珩，妳也快點離開，對妳、對蚩尤，都太危險了。」

阿珩低聲說：「我要走了。」蚩尤把小夭輕輕放到阿珩懷裡，在阿珩額頭親了一下。

雙目交視，蚩尤和阿珩都沉默著，眼中千般不捨，一瞬後，卻不約而同，都是一笑。如果這是離別，他們都想對方記住的是自己的笑顏。

阿珩抱著小夭躍上了烈陽的背，冉冉而去，她握著小夭的手，對蚩尤揮了揮，在小夭耳邊低聲說：「小夭，和爹爹再見。」

小夭迷迷糊糊地睜開眼睛，看著蚩尤。

阿珩一直面朝蚩尤而立，他送著她，她亦送著他，兩人在彼此眼中越去越遠，越去越小，漸漸地，眼中都只剩了寂寞長空，一天清涼。

# 第三十三章 桃花落，生別離

這一刻，他只想抱著她，靜靜地看著旭日普照大地。
火紅的朝霞鋪滿天際，火紅的映山紅開滿山崖，
他們安靜地坐在懸崖之巔，彼此依偎，身周霞光如胭，山花爛漫，
他們的身影凝固如山石，只有晨風輕輕吹過時，衣袂輕拂。

---

面對勇猛善戰、嗜殺好血的蚩尤大軍，軒轅士兵萎靡不振，阪泉城裡死氣沉沉。離朱和象罔已經跟隨黃帝幾千年，經歷了無數次戰役，第一次碰到這樣的情況，想盡了招數都沒有辦法振作士氣。

旭日東昇，整個大地都被太陽的光芒照耀，高高佇立的阪泉城猶如敷了金粉，散發著淡金的光芒。

「看！那是什麼？」士兵們驚呼。

在明亮的陽光中，西邊的天空好似有七色彩霞翻湧。

彩霞漸漸飄近，眾人這才看清是一隻碩大的鳥，羽毛五彩斑斕，頭上有羽冠，兩眼四目，正是有大荒第一猛禽之稱的重明鳥。

看著「彩霞」飄得不快，可實際上，重明鳥的速度十分快，大家瞇著眼睛正欲細看，忽覺重明鳥背上似馱著一個太陽，發出萬道金色的光芒，和東邊的旭日交相輝映，就好似天空出現了兩個太陽，光芒刺得眾人眼睛都難以睜開。

離朱和象罔最先反應過來，彼此興奮地看了一眼，振臂歡呼，是他！那個對眾人發誓會帶著軒轅族走出貧瘠土地的少年再次披上了他的鎧甲！

重明鳥在阪泉上空盤旋，黃帝一身黃金鎧甲，威風凜凜，立於半空，俯瞰著所有人。

「黃帝，黃帝！」

就好似太陽一出，陰霾就會散去，黃帝的出現令整個阪泉城都煥發了勃勃生機。

黃帝溫和的聲音徐徐響起，「軒轅國曾經的名字叫軒轅族，位於大荒的西北邊，土地貧瘠，物產匱乏。還記得年少時，我去中原遊歷，因為說話有軒轅族的口音而被人譏嘲，連為心儀的女子買一件稍微貴一點的首飾都被懷疑是小偷。幾千年前，我站在軒轅山上問你們的先祖，有沒有勇氣跟著我走出軒轅山，他們用氣壯山河的聲音回答了我『有』！因為他們的答案，你們才得以在軒轅國的土地上衣食無憂，現在不管走到哪裡，有軒轅族口音的人只會更被尊重！弱者用眼淚悲嘆今日，強者用鮮血奮鬥明日！你們是弱者，還是強者？」

士兵們熱血沸騰，似乎祖先的英勇再次在胸間燃燒。

黃帝落在了城頭，聲音如雷般的喝問，「今日，我問你們，有沒有勇氣守住阪泉？」

「有！」地動山搖的吼叫聲，響徹天地，遠遠地傳了出去。

風伯遙望著阪泉城嘖嘖而嘆，「難怪這個男人能雄霸一方，我還以為他就陰謀玩得好，沒想到陽謀玩得更好，不過幾句話就把必敗的局勢扭轉成了勝敗難分。」

雨師領著一群匠人，扛著一堆剛打造好的兵器走來，憂心忡忡地問：「蚩尤呢？」

風伯瞥瞥大帳，「還睡著呢！」

「這都吵不醒他？」

風伯笑，「他若想睡的時候，把他腦袋放在老虎嘴裡都能接著睡。」

魑說：「剛醒了一下，問『是不是黃帝來了』，我說『是』，他就又睡了。」

「那我們該做什麼準備？」雨師問。

「生火造飯，哦，多加點肉，多添點香料。天大地大，大不過一頓熱湯熱飯！」風伯攏了攏披風，晃晃悠悠地巡營去了，和往常一樣，一路走，一路笑咪咪地和所有人打招呼。魑魅魍魎四兄弟本來被軒轅士兵傳來的吼聲弄得很緊張，可一看蚩尤翻了個身繼續睡，風伯依舊笑得賊眉鼠眼，他們也嘻嘻哈哈起來。

就像緊張會傳染，輕鬆也會傳染，士兵們看他們和往常一樣，都是該做什麼就做什麼，又聞到了飯菜的撲鼻香氣，說說笑笑中一碗熱肉湯下去，身子一暖，不知不覺中就消泯了黃帝帶來的壓迫。

黃帝到阪泉後，並未改變戰術，依舊堅守城池，不管是雨師帶兵雨夜偷襲，還是風伯帶兵暴風突襲，黃帝總是雨來土擋，風來樹阻，防守得絲毫不亂。

這場戰爭居然一打就打了兩年多，雙方都精疲力竭。

軒轅是一個完整的國家，糧草供應充足，士兵們又都在城池內，還能堅守，神農卻已經國破，糧草供給時足時缺，士兵又居於荒野，士氣漸漸低落。

蚩尤卻全不在意，用一隻妖獸的胃做了一個球，不打仗的時候就整天帶著魑魅魍魎一幫兄弟玩踢球，重若小山的球被他們踢得在空中飛來飛去，想打誰就打誰。

風伯該做什麼就做什麼，情緒絲毫不受影響，雨師卻有點坐不住了，去見蚩尤，行禮問道：「在下有一事不明，想請教大人。」

雨師來自「四世家」的赤水氏，赤水氏和西陵氏一樣，都是上古氏族，重血脈之親，輕國家之屬，不屬於任何一國，在各國都有位居要職的子弟。赤水氏家風嚴謹，教育子弟甚嚴，雨師雖被家族驅逐而出，重刑讓他變得醜陋不堪，可自小的家教難以改變，說話行事十分謙遜多禮。蚩尤的兄弟多粗人，剛開始完全受不了，多有矛盾，常要風伯調解，但相處久了，大家都對這個說話有禮，辦事周到，善於興雲布雨，又精於鍛造兵器的將軍很敬服。

蚩尤本質上還是個野人，可畢竟被炎帝調教了幾百年，也算能野能文，依著神農禮節，先和雨師彼此讓了座，再道：「先生請講。」

雨師說：「兩軍對峙，時間越久越不利於我們，如今士氣低靡，如果再拖下去，只怕就是軒轅大舉進攻時。」

蚩尤笑問，「那先生有何良策？」

雨師嘆道：「慚愧，在下苦思冥想無一良策，黃帝的確是千古將才，行軍布陣，算無遺策。如今唯一的方法只能是趁著士氣還未全洩，先設法激勵士氣，再大舉攻城，畢竟阪泉是我們的故土，我們贏的機會仍有五分。」

風伯說：「阪泉易守難攻，若換成別的主帥防守，我們也許還有可乘之機，但現在是黃帝親守，可以說是固若金湯，大舉進攻一旦失敗，上一次阪泉之戰的失敗陰影就會重新籠罩戰士心頭，到那時黃帝的黃金鎧甲就真成了我們的招魂幡、催命符。」

「可這麼拖下去，我們會更慘。戰，還有一線生機，不戰，也許就是全軍覆沒。」

風伯嘻嘻笑看著蚩尤，「喂，我說你！雖然黃帝利用阪泉眼專門為你布了一個什麼七星陣，你闖了兩次都沒闖過去，可你真就打算束手就擒了？」

蚩尤大大咧咧地說：「那我再帶兵去攻城。」蚩尤說著話，真立即就去點兵，攻打阪泉城。半日後，蚩尤鎩羽而歸，臉色低沉，所有人都不敢和他說話，營地裡的氣氛越發壓抑。

到了晚上，管糧草的將士又來稟報，糧草快要用完了，新糧草卻還沒到，如今只能減少消耗，若每個士兵吃個三四分飽，大概還能再撐七天。

糧草不足，再英勇的戰士都打不動仗，這下連風伯的臉色都變了。

八日後，深夜。

神農族的士兵正忍受著饑餓沉睡，巡營的士兵突然發現從他們駐軍營地的後方冒出了軒轅族士兵，一個接一個從山林中衝了下來。

原來，黃帝利用這兩年多的時間，明裡和蚩尤對峙，暗中派人挖了一條地道，出口就在神農族士兵以為可以作為屏障的山中。

當黃帝看到神農族的士氣已經消磨殆盡，糧草也耗盡，正是最好的進攻時機，於是連夜派了精銳部隊從地道繞到神農族營地的後方。

精銳軍從後方偷襲，大部隊從阪泉城正面衝擊。

驚叫聲撕破了安寧的夜。

餓著肚子的神農士兵在倉促間被殺得丟盔棄甲，四散奔逃。前方是阪泉城，成千上萬的軒轅士兵衝殺而來，後方是裝備精良、殺氣騰騰的軒轅精銳，左面是波濤洶湧的濟水，眾人只能沿著右翼，逃入了阪泉山谷。

當逃入山谷，由於地勢曲折，不易追擊，他們鬆了口氣，卻不知道黃帝已經研究過無數遍阪泉地形，早算到前後夾擊時，神農族只能逃往這個方向，所以集中了所有神族兵力在此布陣恭候。

為了這個陣勢，黃帝已經演練了一年多，保證幾百名神族將士能迅速各就各位，發動陣勢。如雷的鼓聲從山崖兩側傳來，震破了神農士兵們的膽，他們絕望了。

黃帝腳踏五彩重明鳥，從天而降，「蚩尤，給你一次機會保住所有士兵的性命，要麼你立即歸降，起誓效忠軒轅，要麼你立即自盡，不管你選擇哪一條，我都會善待所有士兵。」

黃帝的離散人心之語在這樣的絕境中效果十分毒辣，一身紅衣的蚩尤卻抬頭笑道：「如果兩條路我都不選呢？」

黃帝一眼看破是風伯喬裝變化，臉色頓變，風伯看他神色，知道已經窺破，脫下紅袍，變回本來面容，笑道：「在你追著我這個假蚩尤跑時，蚩尤應該已經進入阪泉城了。」

黃帝面色如土，當年他用青陽假扮成自己誘敵，今日蚩尤以彼之道還施彼身。他以為蚩尤中了他的計，卻不料是自己送上門中了蚩尤的計。

阪泉城前早已風雲突變，在蚩尤和雨師的強勢進攻前，不過盞茶工夫，兵力空虛的阪泉城就易了主，當軒轅族的黃色旗幟被撕下，空中飄揚起紅色的旗幟時，整個曠野都寂靜了，不管是軒轅族，還是神農族都不敢相信，阪泉城竟然丟了！阪泉城竟然重新回來了！

黃帝也不愧是黃帝，一瞬後就恢復了鎮定，蚩尤雖然帶領神族和妖族將士控制了阪泉城，可被蚩尤做了誘餌的人族大軍仍在山谷中。

黃帝用足神力將聲音遠遠傳了出去，「蚩尤，只要我一聲令下，山谷兩側的山峰就會坍塌，這幾萬被你當成了誘餌的將士將全部葬身谷底。」

聲音若擂鼓，驅散了軒轅將士們心中的絕望，震散了神農士兵心中的喜悅。

蚩尤馭著大鵬，轉瞬而至，站在黃帝面前，「那我們就在這裡一較生死！」

風伯的斗篷飛了出去，漫天大風，吹得人站都站不住。

象罔將手中的一把竹筷扔出，竹筷見風就長，變成了密密麻麻的竹林，擋著狂風。

雨師站在阪泉城頭，借助城池凝聚的阪泉水靈，下起了瓢潑大雨，濟水的水位很快就漲了起來，一旦濟水水位漫過堤岸，城外的軒轅族士兵就會首當其衝，葬身水底。

「離朱！」黃帝高聲大叫，幾千年並肩而戰的默契，已經讓他不需要下任何指令。

離朱站在谷口，面對濟水而站，雙腳分開，變成了土柱，深深地扎入大地，從大地深處吸納著土靈，黃土隆起，隨著水位一寸寸上漲，堤岸也在一寸寸上漲。

一場神族與神族之間的大戰真正開始。

黃帝和蚩尤站在高空，遙遙對視。

黃帝揮臂發動了陣勢，兩邊的山崖斷裂，巨石滾落，早蓄勢待發的魑魅魍魎帶著一群妖族士兵撲出，身形猶如鬼魅一般忽閃忽逝，把巨石一塊塊就像是踢妖獸的胃一般踢了出去，經過一年多的練習，每塊石頭都呼嘯著直擊軒轅族，比箭還準。

不過即使這樣，仍有不少石頭落下，砸死了不少神農士兵，士兵們爭先恐後地湧去谷外，與看到濟水河位上漲而逃向山谷的軒轅族士兵相逢，衝殺在一起。

蚩尤與黃帝在高空激戰，黑色的大鵬鳥和五彩的重明鳥身影乍分乍合，黃帝用的是一桿金槍，蚩尤用的是一把長刀，蚩尤刀勢大開大闔，化作一頭色彩斑斕的猛虎，黃帝的槍法敏捷迅速，化作一條金色的蛟龍。

蛟龍與猛虎纏鬥，剛開始還難分高低，時間一長，黃帝畢竟是以謀著稱，不是以武聞名，神力弱於蚩尤，漸漸被蚩尤的靈力籠罩，出招越來越緩慢，蛟龍的動作也越來越緩慢，好幾次都被猛虎咬住，雖然掙扎著甩開了猛虎，身體卻越來越小。

黃帝知道自己靈力不如蚩尤，只能速戰速決，蛟龍故意露了一個空門，猛虎咬住了牠的腹部，蛟龍尾巴掃動，打向猛虎，猛虎跳起閃開，蛟龍乘機回頭反噬，卻在昂頭的一瞬間看見西邊的天空，有一道極明亮的彩光射向天空。

蛟龍的動作不自禁一滯，露出了空門，猛虎一口咬在了蛟龍的七寸上。

蛟龍痛苦地長聲嘶吼，龍頭向後仰去，一雙龍目卻凝視著西方，緩緩流出了兩行晶瑩的靈淚。

蚩尤也感覺到西邊有異，更驚詫於黃帝的反應，分神看向西方，看到明亮的彩光環繞中有一隻銀鳳在西邊的天空翱翔，光芒漸漸黯淡，就好似銀鳳在慢慢死去。

蚩尤知道肯定是軒轅國有重要的事情發生了，卻不明白究竟發生了什麼，忽而聽到地上有人悲叫，「王后仙去了！」

蚩尤一愣，阿珩的娘親死了？

黃帝面色漠然，好似在全力對抗蚩尤，沒有任何反應，內心卻翻江倒海。

幾千年了，每一次戰役，在形勢最危急的時刻，他總能在回頭間看到那襲銀色的鎧甲，每一次都化險為夷。這一次，他回頭時，沒有看到她的銀色鎧甲，而是看到了她的死亡。

他應該如釋重負的，難道他不是早就想擺脫她了嗎？

自從軒轅建國後，隨著軒轅國力穩定，他厭倦了聽那些開國臣子動輒說「只怕王后不會同意」；厭倦了各族的人在背後議論他借助一個女人才成就大業；厭倦了忍受她針鋒相對的剛強、鋒芒畢露的聰慧……他以為自己一直對她無情，他娶她是為了成就他的雄心壯志，只是看在她曾幫助過他，把朝雲殿賜給她住，可是，當他看到銀鳳死去，一個剎那間，突然意識到從今後，無論多少次回頭，都再不會有一襲銀甲奔襲而來，與他並肩而戰，同生共死，龍目中不受控制地流下了淚，靈力匯聚的金色淚珠，來無影，去無蹤，他自己都不明白這是為了什麼。

他早知道她命不久矣，他應該如釋重負的……

因為蚩尤和黃帝兩人的靈力衝擊，天空中烏雲密布，風雨大作，又是打雷又是閃電。猛虎緊緊咬著蛟龍的七寸要害，不論牠如何掙扎翻滾，都不鬆口。蛟龍的身子漸漸在萎縮，站在重明鳥背上的黃帝臉色煞白，身子搖搖欲墜。

只要再一下，黃帝就會斃命。蚩尤眼前忽然閃過阿珩悲傷欲絕的臉，心中一痛，刀勢立變，猛虎放開了蛟龍，蛟龍立即逃，猛虎張開血盆大口，一口咬下，蛟龍的身子被咬成了兩截。

黃帝手中的金槍斷成了兩截，幾口鮮血噴出，身子從重明鳥背上栽了下去。

蚩尤雙手各拿一截金槍，用力擲出去，兩截金槍插入山頭，化作了兩截蠟燭一樣的山峰，面對著阪泉城，遙遙好似祭拜。

「榆罔，這是我送給你的忌辰禮！」蚩尤大聲喝道。

在蚩尤的大喝聲中，神農士兵血氣鬥增，軒轅卻兵敗如山倒。風伯和雨師率領著神族士兵左右配合，魑魅魍魎帶領著人族士兵追擊，一共斬殺了將近五萬名軒轅族士兵。離朱和象罔拚盡全力抵擋著風伯和雨師的追殺，卻因為濟河，他們根本沒有辦法帶領士兵渡過河逃入軒轅境內，眼看著就要全軍覆沒，一條青龍游了過來，頭尾搭在濟河兩岸，寬闊的背脊就像是一條青色的大橋，青龍對象罔說：「從我身上過河。」

是一直下落不明的應龍，象罔顧不上道謝，背著重傷昏迷的黃帝，匆匆帶著剩下的士兵過河，離朱領著其餘神族戰士斷後。

雨師雖然控雨之能無人能敵，可在水族之王的龍身前，卻一點辦法都沒有，無論他掀起多麼大的風浪，應龍都有辦法擋去。

因為應龍的突然現身，軒轅族才活下了一萬多名戰士，此次阪泉戰役，軒轅族可以說是慘敗。

阪泉城內歡聲笑語震天，眾人都開罈狂飲，慶賀大戰勝利。

蚩尤獨自一個站在城頭，眺望著西邊。

雨師和風伯扶著彼此，踉踉蹌蹌地走上城樓，風伯問蚩尤：「你這是什麼表情？不知道的人還以為我們打輸了。」

雨師喝得七八分醉了，醉問道：「我到現在還搞不清楚這究竟是怎麼一回事，明明我們已經彈盡糧絕，說句實話，我都以為肯定要輸了，可現在竟然坐在了阪泉城裡喝酒。」

蚩尤對雨師說：「正好，我給你引見一位將軍，刑天！」

一個足有一丈高的大漢走了過來，蚩尤說：「這位就是我們的糧草大將軍，因為一直在後方，所以你們一直沒機會見面。」

刑天對蚩尤說：「我實在受不了你了，索性這次自己押送糧草過來一趟，當面問清楚，你究竟想做什麼？我們都知道阪泉戰役事關神農生死，我們後方的人寧可不吃，都把糧草省著，你卻一時讓我少送，一時讓我遲送，這次明明我已經設法從塗山氏借到了糧草，你卻通知我暫時把糧草都藏起來。」

雨師失聲驚問，「我們有糧草？」

刑天哼了一聲，「我們國是破了，土地和人還在，只要軒轅族的人不來搗亂，該種的種，該收的收，糧草仍有一些，這次知道阪泉戰役不能失敗，我們每天只吃一頓飯，把糧草節省下來，全部送到戰場。我又去求了四世家中最富有的塗山氏，炎帝對他們的主母曾有活命之恩，塗山氏送了我們一些糧草作為回報，將來如何不敢保證，可眼下，我仍不會讓士兵餓著。」

雨師和風伯都盯著蚩尤，雨師不解地問：「你為什麼不讓戰士們吃飽肚子？」

刑天憤怒地說：「要不是炎帝當年一再叮囑過我一定要聽你的，我早來找你麻煩了。」

蚩尤知道刑天是個直脾氣，耐心解釋道：「黃帝作戰不是以勇猛聞名，而是以謀略著稱，他非常珍惜兵力，務求萬事俱備，一擊而破。上一次的阪泉之戰就是典型的黃帝戰役。這一次，黃帝若和我們硬打，只是五五分的局面，我們兩敗俱傷，高辛就會得利，黃帝絕不想如此。所以，他利用軒轅軍隊的充足供給，消耗到我們精疲力竭時，再一舉拿下，這是第一策。一般的主帥謀畫到這一步也許就滿意了，可黃帝非常小心，他又派士兵挖了地道，前後夾擊，這是第二策。此時已經穩操勝券，黃帝卻仍不滿意，又調遣神族在阪泉山谷設置陣勢，務求沒有遺漏。」

雨師讚嘆，「的確厲害，一策接一策，環環相扣！」

風伯點頭說：「第一策最關鍵，不過蚩尤更厲害。明明刑天從塗山氏借到了糧草，蚩尤卻下令藏匿起來，讓黃帝驗證了他的判斷——我們糧草耗盡，這才傾巢而出，攻打我們。否則我們哪裡能那麼容易進入阪泉城？」

蚩尤說：「不能說我比他更會打仗，我對黃帝的優勢是——我可以研究黃帝幾千年來的所有戰役，黃帝卻只能看到我這段時間的戰役，我了解他的程度要遠遠大於他了解我。所以我知道他不會輕易正面進攻，那我就配合他，用他的計策來對付他自己，這場戰役，黃帝其實是輸給了自己。」

雨師和風伯都笑道：「何必謙虛？這也是你一策策應付得好。至少我們可誰都不知道你連踢個妖獸的胃做的球都是在操練士兵，若沒有踢球踢得那麼好的魑魅魍魎和一群妖族兄弟，我們的士兵還不知道要死多少。」

心性耿直的刑天卻搖頭，「蚩尤，炎帝若在，必定不會贊同你的做法。你為了誘黃帝上當，不惜令自己的士兵捱餓，那些死了的士兵也許多吃一口肉，就能有足夠力氣戰鬥，就能活下來。你還親手把他們送到黃帝的陣勢中做誘餌，這一次有多少士兵被亂石砸死？幾千人的性命啊！」

蚩尤默不作聲，刑天說：「你為了勝利太不擇手段，這一次你犧牲的是士兵，下一次你會犧牲誰？」

風伯想說點什麼，蚩尤抬了抬手，示意他別說話。蚩尤平靜地對刑天說：「你曾是師傅的近侍，一清二楚我的出身來歷，在我心中沒有對錯道義，更沒有禮儀廉恥，有的只是為了活下去的不擇手段，你若不滿，可以離開，但是只要你選擇留下，就要絕對忠誠，否則……」蚩尤冷冷一笑，「狼王咬死背叛的狼，讓狼群分食，我會做得比牠更凶殘。」

刑天怒目圓睜，雨師覺得他就要攻擊蚩尤，可他瞪了蚩尤一會，轉身就走，「我忠於炎帝。」

風伯和雨師想說點什麼，蚩尤揮了下手，「我想自己待一會兒。」他們忙離開。

蚩尤站在城頭，望著西邊。

阿珩的母親死了！

他至今還記得炎帝死時，心裡彷彿空了一般的疼痛，阿珩對嫘祖感情深厚，肯定更痛。

他恨不得立即去朝雲峰，可是，他該說什麼？我打敗了妳的父親，殺死了幾萬妳的族人？用這雙沾滿了鮮血的手去擁抱安慰她嗎？

逍遙落在城頭，歪頭看著他，似在問他，你在幹什麼。

蚩尤笑了笑說，「我在思念阿珩。」笑容卻完全不同於人前的冷酷，而是深深的無奈。

逍遙翻了個白眼，叫了一聲，翅膀輕振，急欲起飛。

蚩尤躍到牠背上，「那走吧！」無論如何，總是要看她一眼，才能放心。

天色已經微明，可朝雲殿內，仍好似所有人都在沉睡，安靜得連葉落的聲音都清晰可聞。

蚩尤從前殿找到廂殿都沒找到阿珩，正著急，一個人影悄無聲息地閃出，蚩尤剛欲迴避。

「蚩尤。」雲桑叫住他，「阿珩在崖頂。」

蚩尤要離開，雲桑說：「聽聞你現在很缺糧草，就要支撐不住了？」因為逍遙的速度太快，戰役已經勝敗分曉的消息還沒傳回軒轅城。

蚩尤回身，說道：「戰役已經結束，黃帝重傷，阪泉重回神農。」

天光依舊模糊，雲桑背光而立，看不清她是何種神情，半晌後，她問：「你接下來的打算是什麼？」

「等全部收回神農國土，黃帝投降，我對兩代炎帝的承諾就都做到了，不管恩義都兩清，我會交出兵權，以後就是你們神農王族自己的事了。」

「那你呢？」

「我會帶阿珩永遠離開。」

雲桑指了指桑林深處的小徑，「你沿這裡上去，就能看到阿珩，昨夜母后仙逝，她現在非常傷心，你不要刺激到她，戰役的事情就先不要提了。」

「多謝。」

蚩尤沿著雜草叢生的小徑到了崖頂，阿珩抱膝坐在懸崖邊上。聽到腳步聲，她回頭看了一眼，見是蚩尤，沒說什麼，只是身子稍稍往裡縮了一下。蚩尤緊挨著她，坐到她身邊。

放眼望去，雲霞靜逸，彩練如胭，太陽仍未出現。

蚩尤看著阿珩，她的臉孔又白又瘦，在清冷的晨光中，好似連肌膚下的青色血管都能看清楚，蚩尤忍不住展手摟住了她。

阿珩頭靠在他肩上，眼淚滾滾而落，「蚩尤，從今往後，我是孤零零一個了，沒有母親，沒有哥哥。」

蚩尤寬慰她，「青陽還在，怎麼會只有妳一個？」

阿珩悲從中來，失聲痛哭，「大哥早已經死了，第一次阪泉大戰，你陰差陽錯地失手打死了他。本來我已經計畫好，放棄一切和你走，只做西陵珩，不做軒轅妭，大哥和少昊都許諾會幫我，四哥也支持我們在一起，可大哥死後，母后和四哥失去了照應，我不能放棄高辛王妃的身分，為了保護母后和四哥，不得不借助少昊的力量讓青陽繼續『活著』，四哥不肯原諒你，不允許我和你在一起……」

在阿珩斷斷續續的哭訴中，蚩尤這才終於明白了所有事情的前因後果，原來他的幸福是斷送在自己的手裡，而他在北冥沉睡時，阿珩卻既要面對喪親之痛，還要殫精竭慮地保護母親和四哥。他心頭說不出的難受，電光石火間，突然一個念頭驟起，如果阿珩沒有變心，只是為了保護母親、四哥才和少昊……

「那小瑤是……是我……我的女兒？」蚩尤心跳急速，連和黃帝生死對決時，都沒有這種緊張害怕。

阿珩狠狠打了他幾下，哭著反問：「那你以為她會是誰的女兒？她的名字是小夭，桃花的意思，當時你生死不明，仇家遍布大荒，我能怎麼辦？」

蚩尤又是喜，又是悲，他有女兒了，他真的有女兒了！可他卻連一天父親的責任都沒盡到，反而因為自己造的殺孽，讓她一出生就身陷危機。他輕輕摟著阿珩，喃喃說：「對不起，對不起。」

阿珩因為肩上的責任，一直壓抑著自己的悲傷。大哥死了，不敢哭，怕母親和四哥更難過；四哥死了，不敢哭，怕母親和四嫂更難過；四嫂死了，不敢哭，怕母親和顓頊更難過；此時終於沒有了顧忌，全數爆發出來，伏在蚩尤的肩頭，嚎啕慟哭。

蚩尤也不勸慰她，只是抱著她，輕輕地拍著她的背，猶如安撫一個傷心的孩子。

阿珩邊哭邊說：「從小到大，我總喜歡往外跑，什麼事都敢做，因為知道不管發生了什麼，只要跑回朝雲殿，娘和哥哥們總會在那裡，可等我發現千好萬好都好不過一個家時，卻什麼都沒有了。大哥走了，我還有四哥和母親，四哥走了，我還有母親，只要母親在，我就仍有一個家，如今母親也走了，我沒有家了……」

蚩尤低頭吻了吻她的鬢角，「妳忘記九黎山中妳親手布置的家了嗎？我們有自己的家。雖然這些年妳一直沒有來，可我每年都有修葺，菜園裡的絲瓜蔓都爬滿架子了；我打了一口水井，井水冬暖夏涼，夏天的時候，把瓜果放到竹籃裡，沉到井底冰著，十分消暑；我還從青丘國移植了一種薔薇，色澤嬌豔如晚霞，可以給妳做胭脂……」

淚眼迷濛中，阿珩眼前浮現著母親臨去前的一幕。

母親握著她的手說道：「珩兒，娘雖然走了，可妳卻真正自由了，妳若真喜歡蚩尤，就跟他去。」她驚訝地看著母親，訥訥不敢言，母親虛弱地微笑，「傻丫頭，妳真以為娘到現在還沒看出妳的心事嗎？只要蚩尤能給妳一個家，照顧好妳，我就認他做女婿，如今我唯一放心不下的就是妳啊！」

隨著蚩尤的描述，阿珩似乎看到了桃花掩映中的小竹樓，竹樓側的菜園，絲瓜一根根垂下，竹樓前青石砌成的井臺，打水的吊桶半倒在井邊，井臺四周的紅色薔薇花，累累串串，猶如晚霞……

母親也看到了她的新家，站在竹樓前欣慰地微笑。

母親，我真的可以自由地跟隨蚩尤離去了嗎？

母親在對她點頭，身影在桃花林中漸漸遠去，神色輕鬆，再沒有掛慮。

阿珩仰頭看著蚩尤，滿面淚痕，卻嫣然一笑，璀璨明亮，「母親說我自由了，她說願意認你做女婿。」

蚩尤不敢相信地愣住，一瞬後，滿面狂喜，結結巴巴地問：「妳娘、妳娘……真的、真的……」

阿珩點了點頭。

蚩尤一直以為不可能得到阿珩親人的同意，所以一直蠻橫地說著不在乎，可原來親人的承認和祝福能讓人安心，讓幸福加倍。蚩尤喜得都不知道該說什麼，只是呆呆地看著阿珩笑。

東邊的天空驀然明亮，阿珩抬頭望去，喃喃低語，「看，太陽升起來了，又是嶄新的一天。」

一輪紅日從翻湧的雲海噴薄而出，就像熊熊燃燒的烈火，照亮了整個天地，令萬物生輝。

蚩尤緊緊抱住了阿珩，「我們真的以後每天一起迎接新的一天？」明亮的朝陽中，阿珩微笑著用力地點了點頭，不知道究竟是太陽，還是彼此，他們都覺得身子暖融融的。

蚩尤看到阿珩清亮的目光，張了張嘴，想告訴阿珩戰役已經結束，可話到了嘴邊，卻沒說出口。這一刻，他只想抱著她，靜靜地看著旭日普照大地。

火紅的朝霞鋪滿天際，火紅的映山紅開滿山崖，他們安靜地坐在懸崖之巔，彼此依偎，身周霞光如胭，山花爛漫，他們的身影凝固如山石，只有晨風輕輕吹過時，衣袂輕拂。

蚩尤輕聲問：「西陵珩，妳將來最想做什麼？」

西陵珩，這個意味著自由和快樂的名字有多久沒有出現在她的生命裡了？阿珩猶如做夢一般，低聲說：「我想和你每天都在一起，我想看著小夭、顓頊平平安安地長大，看他們出嫁、娶妻，然後和你一塊幸福地死去。」

蚩尤笑了，「這個願望很簡單，我一定會讓妳實現！」

「真的？」

「真的！」

朱萸在桑林間叫：「王姬，阿珩！」

阿珩站了起來，蚩尤拉著阿珩的手，捨不得放，阿珩慢慢地後退，手從他掌間漸漸遠去。她對蚩尤說：「我還要安排母親的葬禮，你先回去吧，明日的這個時候，你會收到我送給你的禮物，就算做……我這麼多年失約的一點補償。」

下午時分，阪泉之戰的消息傳到高辛，大臣們紛紛讚頌少昊睿智英明，沒有派兵參戰，否則跟著黃帝遭殃。

面對臣子們的恭維，少昊默不作聲。

大臣們也不敢再囉嗦，現在的少昊早已經不是當年溫和謙遜、禮待下臣的少昊，如今的他面目冷峻，不苟言笑，喜怒難測，手段酷厲，臣子們連和他對視都心驚膽寒。

少昊正要命眾人退下，一個內侍氣喘吁吁地跑進大殿，把一封帛書高高舉起。

少昊手輕抬，帛書飛到他手中。少昊看完後，臉沉如水，一直盯著帛書，半晌都不說話。

季厘從未見過少昊如此，試探地問：「陛下有什麼吩咐嗎？」

少昊把帛書遞給他，他看了一下，臉色頓變，是軒轅妭的自休書，宣布與少昊解除婚姻，即日起，他們男婚女嫁互不相關。

少昊淡淡說：「這事應該已經天下盡知了，你傳給他們看一下，都說說你們的意思。」

幾個朝臣看完信，心中氣憤，可看少昊的面色，又實在琢磨不透，都不敢吭聲，季厘說道：「陛下，高辛建國幾萬年，從未聽說過這樣的事情，臣等也實在不知該如何是好。」

朝臣們都點頭，自古只聽聞國君貶抑妃子，從未聽聞妃子自行離去。

一個朝臣突然問：「這是黃帝的意思嗎？是不是背後有什麼陰謀？」

少昊說：「這是今日清晨頒布的文書，那個時候，黃帝即使還活著，也才剛從阪泉逃離，根本不可能發此旨意，文書上只有王后印鑒，沒有黃帝的印鑒，應該只是軒轅王姬自己的意思。」

朝臣忙道：「那這可不算。」

少昊說：「你們都下去，這事就這樣吧！」少昊說著起身，徑直走了。

一堆朝臣你看我、我看你，茫然不知所措，就這樣吧！就哪樣吧？少昊從來都政令明晰，第一次他們收到這樣不知道該怎麼執行的命令。

少昊沒有回承恩宮，而是去了承華宮——他還是王子時的府邸。

推開臥房，一切宛若舊時。

他還清楚記得，新婚之夜，他裝醉，踉踉蹌蹌地推開房門，阿珩抬起頭，靜靜地凝視著他，好似早已窺破他一切的心思。

几案旁，靠窗放著一張軟榻，晚上，他在案前處理文書時，阿珩喜歡躺在榻上翻看醫書。推開窗戶就是花園，園子裡的花草都是阿珩親手打理，她一邊研習《神農本草經》，一邊活學活用，培植各種奇花異草，名噪高辛神族，連父王都時常派宮人來討要花草。

阿珩心細，知道他對氣味敏感，每日裡，他的案牘上擺放的鮮花都是阿珩採摘，時不時地有意外之喜。

晚風輕送，有酒香徐徐而來，是阿珩培植的醉海棠，不能用水澆，只能用酒，花朵浩大潔白，令人聞之欲醉，阿珩戲謔地說「此乃花中醉君子，也可叫少昊花」。

少昊起身，去花園裡剪了幾枝醉海棠，插入案頭的玉瓶，霎時，滿堂酒香，醺人欲醉。

少昊靜躺到榻上，從袖中拿出一個水玉小盒，盒裡裝著一截小指。

阿珩借兵不遂、斷指而去的那天，他真的沒有想到，昌意和昌僕會死，竟然從此後，阿珩再沒有回到五神山，以後，也再不可能。

一室酒香中，少昊昏昏沉沉地睡著了。

陽光明媚，碧草萋萋，山花爛漫。

青陽、阿珩、昌意都在，就像是昌意成婚的那日，他們聚在一起，說說笑笑。少昊覺得十分快樂，可心裡又隱隱約約地莫名悲傷，似乎知道歡樂會很短暫。

他搬出了一罈又一罈釀造的酒，頻頻勸酒，似乎唯恐晚了，他們就喝不到。

青陽笑對昌意說：「這傢伙轉性了，以前喝他點好酒，非要三請四求不可。」

少昊給青陽斟酒，青陽剛端起杯子，雲澤站在鳳凰樹下，笑叫：「大哥！」

青陽立即站起來，走向雲澤，少昊要抓沒抓住，昌意也站了起來，少昊急忙抓住他，「你還沒喝我釀的酒。」

昌意微微一笑，從少昊掌間消失，身體輕飄飄地飛向了雲澤，兄弟三人並肩站在鳳凰花樹下，說說笑笑，壓根不理少昊。

少昊抱著酒罈追過去，「青陽、雲澤、昌意！」大家再一起喝一次酒，就一次！卻怎麼追都追不到。

「青陽、雲澤、昌意……」

累得滿頭大汗，眼看著要追到了，青陽突然拔出長劍，怒刺向他，「你為什麼不救昌意？你不是承諾過你就是青陽嗎？你這個背信棄義的小人！」

少昊躲無可躲，眼睜睜地看著劍刺入了自己心口，「啊——」

少昊滿頭大汗得驚醒，一室酒香濃欲醉，令他一時間不知身在何處，恍恍惚惚中，以為自己正在和青陽喝酒。

他翻了個身，叫道：「青陽，我做了個噩夢。」不知道什麼東西掉到了地上，一聲脆響，他低頭看，藍色的水玉渣中竟然躺著一截斷指，悚然間，一身冷汗。

青陽不在了，雲澤不在了，昌意不在了，阿珩也已經走了！

他茫茫然地抬頭，卻不知道究竟要看什麼，只看到鮫紗窗上映著一輪寒月，寂寂無聲。

魑魅魍魎四兄弟大呼小叫地跑進屋內，「天大的消息，天大的消息！」

風伯被他們吵得頭痛，「如果不是天大的消息，我就每人三十鞭。」

魅得意地笑：「那你打不著了，真是天大的消息。」

他們還要和風伯打嘴皮架，蚩尤不耐煩地喝道：「說！」

魑魅魍魎立即站直了，魑說：「軒轅的王姬把高辛的王妃給休了。」

「什麼？」風伯和雨師同時驚問。

魑朝他們擠眉弄眼，看，沒說錯吧，天大的消息！

蚩尤雙手按著案子，向前躬著身子，急切地說：「你們再說一遍。」

魅說：「高辛王妃說自己才德不堪，難以匹配少昊，把自己給休了，從現在開始她只是軒轅王姬，不是高辛王妃，婚嫁自由。」

風伯困惑地說：「這個軒轅王姬究竟什麼意思？如今軒轅族才是最需要高辛族的時候，她竟然撕毀了和高辛的聯盟。」一轉念，立即問：「消息什麼時候公布的？」

魍說：「今日清晨。」

「難怪呢，這可不是黃帝的意思，是軒轅王姬自作主張。」風伯對蚩尤笑道：「真是天助神農，高辛肯定視為奇恥大辱，現在即使軒轅王姬想反悔也沒那麼容易了。」

蚩尤緩緩地坐了下去，表情似悲似喜，原來這就是阿珩送給他的禮物——她的自由。

可是，這個時候，阿珩應該已經知道一切了吧？

阿珩清晨公布了解除和少昊婚姻的消息後，就一直在朝雲峰整理母親的遺物，她在等著迎接黃帝的勃然大怒。

傍晚時分，宮女跌跌撞撞地跑進來，「黃帝、黃帝來了！」

阿珩姍姍站起，向外走去，她以為看到的應該是趾高氣揚的侍衛，黃帝被簇擁在中央，一臉震怒地盯著她。可是，她只看到了象罔叔叔狼狽不堪，離朱叔叔滿身血痕。

她困惑地看著他們，象罔和離朱跪在她面前，「請王姬立即派心腹去歸墟請大殿下出關。」

阿珩望向殿內，醫師圍在榻前忙碌，「發生了什麼事情？」

象罔說：「我們中了蚩尤的詭計，黃帝重傷……只怕不行了，最好速接青陽殿下回來，見黃帝最後一面。」

晴天霹靂，阿珩腦袋一片空白，僵立在地。她不相信！她的父王永遠都威風凜凜，是無人敢忤逆的黃帝，怎麼可能會不行？昨日她還隱約聽聞蚩尤被逼得彈盡糧絕，就要失敗。

阿珩跑向大殿，分開人群，衝到了榻前，黃帝雙眸緊閉，臉色蠟白。

「父王，父王……」阿珩無法控制地越叫聲音越大，黃帝睜開了眼睛，恍恍惚惚地看著阿珩，如釋重負地一笑，「阿嫘，我就知道妳會趕來，妳來了，我就放心了。」

象罔和離朱一聽，鼻子直發酸，眼淚沖到了眼睛裡。先是王后薨，再是黃帝崩，軒轅竟然一夜之間大廈要傾。

次妃方雷、四妃嫫母都聞訊趕了來，方雷已經亂了陣腳，只知道哭，嫫母還能力持鎮定，問道：「傷勢如何？」

所有醫師都跪下，不敢說話，只是磕頭，唯獨一個膽大點的老醫師哆哆嗦嗦地說：「傷勢太重，趕緊去請大殿下回來，若趕得快，還來得及見最後一面。」

方雷一聽就昏了過去，嫘母軟坐到地上，殿內亂成一團。

阿珩雙手握著黃帝的雙腕，去探視黃帝的內息，一瞬後，阿珩拔下頭上的玉簪，先把黃帝的幾處脈息封閉住，對離朱和象罔說：「麻煩兩位叔叔把所有人都請出。」

象罔著急地說：「王姬，我們得趕緊去把青陽殿下找回來，否則軒轅會天下大亂的。」

阿珩說道：「我們的當務之急是救父王。」

象罔性子躁，又是跟著黃帝打天下的開國大將，急切下口不擇言地說道：「我們當然知道要救陛下，可是那也要能救，軒轅國內最好的醫師已經下了診斷結果，除非炎帝神農再生，否則有什麼好說的？」

阿珩說：「父王遭受了先後兩次重創，第一次是靈體被長刀砍中，看上去嚴重，可就像打蛇，把蛇砍成了兩截，傷勢雖重，卻沒有傷到七寸要害，若及時救治，並沒有性命之憂，可緊接著父王的胸口又承受了一掌，這一次傷上加傷，性命才真正垂危。兩位叔叔，我判斷的傷情可準確？」

象罔聽到第一次受傷的情形頻頻點頭，可聽到第二次，越聽面色越古怪，張口欲說。

離朱的手用力按在了象罔的肩膀上，驚訝地道：「珩丫頭，妳什麼時候懂醫術了？當時的情形的確和妳所說的一模一樣，蚩尤先是揮刀砍黃帝的靈龍，靈龍雖被砍成了兩截，黃帝卻總算避開了要害，黃帝從坐騎上摔下，再無力自保，蚩尤見狀又追上來，狠狠補了一掌。」

阿珩道：「解釋起來話太長，反正兩位叔叔信我嗎？如果一切聽我安排，父王還有一線生機。」

象罔看著離朱一聲不吭，離朱道：「我們不信妳，還能信誰？一切全憑王姬做主。」

「需要找一位精通陣法的高手布陣，我再用靈藥幫父王調理，如果一切順利，應該能保住性命。靈藥我這裡多有收集，倒不愁，只是布陣的高手……」

知末走了進來，對阿珩說道：「微臣來布陣。」

象罔十分吃驚，歡喜得差點要跳起來，「你總算回來了！」

離朱眼中並無意外，似乎早料到知末會出現，神色卻和象罔一樣驚訝。

知末頷首，說道：「我回來了。」

阿珩自小聽著知末的故事長大，知道他本是高辛賤民，和黃帝相識於微時，精通陣法，能謀善斷，輔佐父王打下了軒轅國，是軒轅國的第一開國功臣，被譽為帝師，可軒轅立國後，他卻和黃帝政見不合，關係日益生疏，第一次阪泉大戰發生前，他居然掛冠而去，避世隱居。

因為嫘祖十分敬重知末，阿珩在他面前向來不以王姬自居，對他行禮道：「一切有勞伯伯。」

知末按照阿珩的要求，殫精竭慮布置好陣法，阿珩將黃帝的身體封入陣法中，黃帝暫時生命無虞，但究竟能不能活轉，卻還要看阿珩的藥石之術和黃帝本身的狀況。

深夜，阿珩安頓了顓頊和小夭睡下，走出屋子時，眼前一黑，差點暈倒，才想起竟然一天沒有進食，想著該吃點什麼可又覺得胃裡堵得慌，不知道吃什麼。

發現廚房中還有小半罈母親做的冰椹子，她把罈子抱在懷裡，坐在靠窗的榻上，抓了幾串放進嘴裡，冰冰涼涼、酸酸甜甜。

閉上眼睛，似乎能看到大雪紛飛，大哥一襲藍衫，立在雪中，母親推開了窗戶，看看漫天雪花，叫宮女去採摘新鮮的冰椹子，她和四哥笑嘻嘻地挨在一起，準備支個小爐子燙酒喝，昌僕穿著一身火紅的裙子，拿著個雪團丟到他們頭上。阿珩跳起來去追她，兩人跌倒在雪地裡。

阿珩微笑，又抓了一把冰椹子放進嘴裡，那些酸酸甜甜的快樂仍能繼續。

昌僕被四哥和她帶得也很愛吃冰椹子，他們反正也不畏冷，索性就站在桑樹底下，邊說話邊摘著吃，大哥那個時候總是遠遠地站著，和他說話，他也愛理不理的樣子。阿珩有時候氣不過，丟一團雪過去，等大哥一回身，她就趕緊躲到昌僕身後，大哥對她和四哥很凶，可對昌僕倒溫和。

等大哥回轉了身子，她就對著大哥的背影耀武揚威、拳打腳踢，可只要大哥一回頭，她就比兔子還乖，昌僕一邊笑，一邊羞她。

阿珩笑著把手伸進罈子裡，一抓卻抓了個空，不知不覺中冰椹子已經吃完了，沒有了！所有的夢都醒了！

阿珩的手挨著罈壁摸，終於又摸出了幾個黏在罈壁上的冰椹子，她看著僅剩的冰椹子，想放到嘴裡，卻又捨不得，呆呆地看了好一會，很小心地一個一個慢慢放入了嘴裡。

酸酸甜甜、冰冰涼涼。

她抱著罈子，淚落如雨。

蚩尤落在了院中，看屋裡一團漆黑。風吹紗窗，發出嗚嗚咽咽的聲音。

蚩尤走近了幾步，隔窗而立，那聲音越發清晰了，原來是低低的哭聲。

壓抑著的哭聲，斷斷續續，卻連連密密地全刺到了他心上。

他手放在窗戶上，只要輕輕一下，就能推開窗戶，擦去她臉上的淚，可他卻不敢用這雙滿是鮮血的手去安撫她。

阿珩的臉挨著罈子，聲音嘶啞，「是你在外面嗎？」

「嗯。」

「為什麼早上不告訴我實情？」

蚩尤沉默著。

「我知道你想為榆罔報仇，可那畢竟是生我、養我的父親。」

蚩尤的唇輕動了一下，依舊一聲未發。重傷黃帝的是他，下令屠殺軒轅戰士的也是他，解釋就是推卸，他不願亦不屑。

阿珩低聲說：「你走吧，如今父王重傷昏迷，生死難料，我還要照顧父王。」

蚩尤看似平靜地站著，可搭在窗楞上的手青筋直跳，靈氣無法控制地外溢，桃木做的六棱雕花窗煥發了生機，長出綠葉，從綠葉間結出了無數粉粉白白的花骨朵，花兒徐徐綻放，剎那間，整面窗戶好似都被花枝繞滿，開滿了桃花。

阿珩凝視著一窗繽紛的桃花，淚水一顆顆滾落，滴打在花瓣上。

「娘，妳怎麼不睡覺？」小夭揉著眼睛，赤著腳走了過來，看母親在哭，立即爬上榻，乖巧地替阿珩擦眼淚，「不要哭，外公會好的。」

蚩尤聽到小夭的聲音，心神一震，不由自主地推開了窗戶，隔著滿欄桃花，去抱女兒，「小夭。」

小夭卻是狠狠一口咬在了他手臂上，今天一天都是聽宮人們在說蚩尤打傷了外公，顓頊又告訴小夭，蚩尤就是上次把她抱回來的紅衣叔叔，小夭正痛恨蚩尤。

阿珩急忙抱住小夭，用力把小夭拖開，小夭仍腳踢拳打，大喊大叫，「大壞蛋！我要為外公報仇，殺死你！」

蚩尤手臂上被小夭撕去了一塊肉，鮮血淋漓，濺灑在桃花上，他卻毫無所覺，怔怔地看著對自己滿眼恨意的小夭，一個瞬間，滿腔柔情都化作了遍體寒涼，女兒的目光猶如利劍剜心，痛得他好似要窒息。

阿珩一面強捂著女兒的嘴，不讓她喊叫，一邊看著蚩尤，淚落如雨，「還不快走？侍衛馬上就要到了，難道你要在女兒面前大開殺戒？」

蚩尤深深看了一眼阿珩和小夭，駕馭逍遙，扶搖而上，直擊九天，迎著凜冽寒風，他像狼一般，仰天悲嚎，放聲嘶喊，他沒有做錯什麼，她也沒有做錯什麼，可為什麼會這樣？

桃花失去了蚩尤的靈力，慢慢凋零，沾染著鮮血的花瓣一片又一片落下，猶如一片片碎裂的心，阿珩抱著小夭，不言不動，定定地看著落花。

雲桑、朱萸聽到小夭的叫喊聲，和侍衛匆匆趕來，卻什麼都沒看見，只看到阿珩抱著小夭呆呆地坐在一榻被鮮血染紅的桃花瓣中。

「阿珩，怎麼了？」

阿珩慢慢地轉過頭，看向她們，雲桑只覺心驚膽顫，她容顏憔悴，眼神枯寂，恍似一夜之間就蒼老了。

# 第三十四章 山河破碎風飄絮

烈陽一動不動，孤零零地站著，
沒有抬頭目送他們，而是一直深深低著頭，盯著自己的腳尖。
他們都以為這一生一世都是一家子，反正死都不怕了，
不論生死肯定能在一起，卻不知道有時候還有不得不活下去的時候。

一年多後，在阿珩全心全意的照顧下，黃帝終於保住了性命。

因為靈體受到重創，黃帝開始顯老，頭髮全白，臉上也有了皺紋，一雙眼睛顯得渾濁遲鈍，只偶然一瞥間銳利依舊。

這一年多，雖然有知末籌謀，離朱、象罔輔佐，但畢竟一國無君，群龍無首，蚩尤的軍隊連戰連勝，已經把原本屬於神農國的土地全部收回。

黃帝自清醒後，就日日看著土靈凝聚的地圖沉思。

顓頊和小夭踮著腳尖，趴在窗戶偷看，黃帝回頭，顓頊和小夭嚇得哧溜一下縮到了窗戶底下。

黃帝叫，「你們都進來。」

顓頊和小夭手牽著手走到黃帝身前，顓頊指著黃色土靈凝聚成的山巒河流問：「這是什麼？」

小夭嘴快地說：「地圖，我父王的地圖是水靈凝聚，藍色的。」

黃帝對顓頊說：「這是軒轅國的地圖。」

「這條河叫什麼？」

「黑河。」

「這座山呢？」

「敦物山。」

……

顓頊不停地提問，黃帝給顓頊一一講解，顓頊聽得十分專注，小夭卻無聊得直打呵欠，靠在榻旁睡著了。

顓頊指著地圖的最東南邊問，「這叫什麼河？」

「湘水，不過這屬於高辛，你想看一看湘水是什麼樣子嗎？」

顓頊立即點點頭。

黃帝凝聚靈力，在顓頊面前展現出一幅湘水的圖畫，山清水秀，草芳木華，十分秀美多姿。

顓頊偷偷瞅了一眼小夭，看她在打瞌睡，不會嘲笑自己，才放心說出真話，「比小夭說得更美麗，和咱們軒轅不一樣。」

黃帝微微一笑，「你若去了中原，才會真正明白什麼叫地大物博。」

顓頊不禁露出了無限神往的樣子。

阿珩進來抱起小夭，帶著嗔怪說：「父王，你現在身子還沒完全康復，別亂用靈力。顓頊，該睡覺了。」

顓頊跟著阿珩走到了門口，突然回身問黃帝，「爺爺，我明日可以來找你嗎？」

阿珩說：「你明日有繪畫功課。」

顓頊說：「我不喜歡學那些東西，我喜歡聽爺爺和知末、離朱、象罔他們商議事情。」

阿珩愣住，四哥的兒子竟然會不喜歡畫畫？

顓頊拽她的手，央求地叫：「姑姑。」

黃帝對阿珩說：「我本來也想和妳提這事，沒想到顓頊自己先說了，我想把顓頊帶到身邊，親自教導他。」

阿珩看向顓頊，他還不明白這句話後面代表的意思。顓頊的眼睛裡滿是渴望，央求地盯著阿珩，一疊聲地叫：「姑姑，姑姑！」

阿珩柔聲說：「既然你想，那明日起你就跟在爺爺身邊吧。」

顓頊欣喜地用力握緊了阿珩的手。

進了寢殿，阿珩把小夭交給朱萸照顧，她照顧顓頊洗漱換衣。顓頊表面上沒什麼反應，心裡什麼都明白，姑姑對他比對小夭都好。

阿珩替顓頊蓋好被子，把榻旁的海貝合攏，夜明珠的光芒消失，屋子裡黑了下來。

阿珩正要離開，顓頊突然說：「我長大後會保護妳和小夭，還有朱萸姨，誰都不敢欺負妳們！」

阿珩不禁笑了，心頭卻帶著酸楚，原本還應該是爛漫無憂的年紀，卻因為父母的慘逝，渴望著長大，害怕著再次失去。她蹲在榻旁看著顓頊，顓頊緊閉著眼睛，好似剛才說話的不是他，阿珩輕輕在顓頊的額頭親了一下，「好。」

蚩尤大軍壓駐在軒轅邊境，不再進攻，蚩尤要求黃帝投降，只要黃帝承諾永不進攻神農，對炎帝榆罔謝罪，他就不再攻打軒轅。

知末力勸黃帝接受，和神農簽訂盟約，承諾再不進犯神農，換取和平。所有的朝臣都以為黃帝肯定會接受蚩尤的提議，畢竟蚩尤只是收回了原本屬於神農的土地，並沒有侵犯軒轅。

可是，出乎眾人預料，黃帝並不接受蚩尤的提議，絕然說道：「要我對天下宣誓永不進犯神農，絕不可能！我一生的夢想就是統一中原，我寧願為這個夢想戰死，也不會放棄！」

知末急切間，高聲質問：「那軒轅的百姓呢？你問過他們是否願意為中原而死？他們可不願意！他們只想好好活著！」

黃帝還要借助知末，不想和知末在這個問題上又起衝突，思量了一瞬，問道：「你覺得我可算英雄？天下有幾人能與我比肩？」

知末一時沒反應過來黃帝的意思，發自內心地誠懇答道：「陛下不僅僅是英雄，還是千古霸主！恕臣說句狂妄的話，就是伏羲大帝也無法與陛下比肩。」

黃帝冷冷地看著知末，「神農地處中原，地大物博，人傑地靈，兩任炎帝都不好戰，可你眼中的我，一代千古霸主，攻打神農都如此艱難，你認為未來的軒轅國主還能有和我比肩的嗎？」

知末已經明白黃帝的意思，沉默了半晌，才艱難地說：「不可能了。」

「你以為偏安在西北就能讓百姓安居樂業？如果神農將來出了一位略有壯志的炎帝，軒轅被滅國只是轉瞬。如果我現在不徹底征服神農，幾千年後，就是神農征服軒轅！」

黃帝銳利的視線掃向階下的象罔和離朱，「你們可願跟隨我統一中原？」

象罔和離朱跪下，猶如幾千年前一樣，慷慨激昂地說：「誓死追隨！」

知末凝視著黃帝，他並不認可黃帝的夢想，可是，他從心底深處尊敬黃帝，這世間有幾個男兒有勇氣為夢想而死？又有幾個男兒有這種一往無前的意志？

黃帝神色緩和，走到象罔和離朱中間，笑看著知末，「我們三個都在，兄台，你可願意留下，與我們一起做一番轟轟烈烈的男兒偉業？」

四千多年前，在軒轅山，黃帝問過他一模一樣的話。知末的神情越來越溫和，忽而無奈地搖搖頭笑了，四千年前他被這個男人折服，四千年後他依舊被這個男人折服，所以即使厭惡戰爭，他依然為他殫精竭慮。他靜靜地走了過去，跪在黃帝面前。

黃帝大笑著扶起他們，充滿自信地說：「我們兄弟四個一定會登臨神農山頂！到那時，再開罈痛飲，追憶往昔，指點天下！」這一瞬，他的白髮、他的皺紋都好像消失不見，他還是那個豪情萬丈、鬥志昂揚的少年。

軒轅拒絕投降，不但不投降，反而宣布要代神農討伐蚩尤。

黃帝親筆寫了一篇昭告天下的檄文，洋洋灑灑上千言，羅列了蚩尤上百條罪名：獨斷專行、殘暴嗜殺，短短兩百多年，就有八十七戶忠心耿耿、世代輔佐炎帝的家族被滅族，五千三百九十六位忠臣被極刑折磨而死，還有無數蚩尤對上不尊，對下不仁的罪狀。

黃帝憂心忡忡、情真意切地問：兩百多年就殺了這麼多人？如果蚩尤獨掌了神農國，將來還會殺多少人？還會有多少家族被滅族？黃帝又悲傷委婉地申斥了榆罔的昏庸無能，明明知道奸佞當道，無數大臣冒死向榆罔進言，請求貶謫蚩尤，可榆罔不僅不治蚩尤的罪，反而軟弱地一味姑息，坐視一批又一批忠臣慘死，才讓神農君臣不和、民心渙散。黃帝對天下痛心疾首地表明：自從軒轅立國，他一直勤勉理政，體恤百姓，對待歸降的神農子民猶如自己的子民，榆罔縱容蚩尤羞辱后土這些國之棟樑，他卻給了后土他們與身分匹配的尊貴榮華。他絕不是好戰好武，而是不能容忍蚩尤這麼殘暴，才為神農討伐蚩尤。

黃帝的檄文出現的時間非常微妙。蚩尤的軍隊已經把軒轅打出了神農，軒轅不再算侵略者，無數曾經掌權的神農貴族立即好了傷疤忘了疼，開始惦記自己的權力富貴，可兵權盡在蚩尤手中，他們根本沒有辦法再次擁有曾經的榮華和富貴，他們該怎麼辦？黃帝此時肯出頭為他們誅殺蚩尤，許諾將來神農仍是他們的，他們簡直不勝歡喜。

不少神農的老者看到黃帝文采斐然、情真意切的檄文，想到榆罔登基後，他們小心翼翼、朝不保夕的淒慘日子，都落下淚來。神農貴族本就對蚩尤懷恨在心，再加上無數黃帝的說客，憑藉三寸不爛之舌，四處遊說，剖析利害關係，竟然有無數神農的遺老遺少們都認同黃帝的說法：榆罔的確昏庸無能，如果不是榆罔一味縱容蚩尤，神農怎麼可能滅國？如果神農繼續被蚩尤把持，他們這些人遲早都會被殺死！

黃帝的檄文為自己正了名，卻像毒藥一樣，腐蝕了榆罔的聲名。

接到黃帝要求蚩尤投降的檄文，蚩尤拿著壺酒邊喝邊看，看到自己的罪行時，笑意滿面，滿不在乎，可看到榆罔的罪狀時，他的臉色漸漸發青，竟然把青銅鑄造的酒壺都捏碎了。

榆罔是蚩尤見過最忠厚仁慈的人：當祝融追殺蚩尤時，是榆罔深夜求炎帝收回誅殺蚩尤的命令；當神農山上所有人都鄙夷地叫蚩尤「禽獸」時，是榆罔嚴厲地斥責他們；當蚩尤激怒下，打傷所有人，逃下神農山時，是榆罔星夜追趕，陪在他身邊幾天幾夜；當蚩尤孤獨憤怒地居住在禁地草凹嶺時，是榆罔偷偷帶著酒壺，上山來看他。

榆罔猶如一位耐心的大哥哥一樣，幾百年如一日，引導著野蠻凶殘的蚩尤感受人世的溫情。炎帝死後，無數人在榆罔面前進言，連雲桑都顧忌蚩尤兵權獨握後，會篡位，可榆罔從沒有懷疑過半分。

雖然蚩尤嘴上絕口不提，但對他而言，榆罔就是他的兄長，讓他相信這個世上有真正的善良。可如今，這位真正善良、真正關心著神農百姓的君王卻被黃帝顛倒黑白，肆意汙蔑。

風伯喃喃說：「為什麼只看這篇檄文，我會覺得自己罪大惡極？好像我才是竊國的賊子。」

雨師說：「這就是為什麼聰明的君王一再強調不能以武立國，武器征服的只是肉體，文字和語言征服的是人心。」

「我們怎麼辦？難道向黃帝投降？」

因為出生於世家，雨師顯然對權力爭鬥看得更清楚分明，「那些神農的諸侯國主們對我們又恨又怕，現如今，即使我們肯放棄兵權，他們也會用己心猜度我們的心，絕不會相信我們，遲早會一一殺害我們。即使我們現在投降，黃帝為了拉攏神農貴族們，也要斬殺蚩尤。我們已經無路可走，只有一條路，打敗黃帝，等我們戰勝的那一天，我們想怎麼說就怎麼說，失敗者沒有資格說話，後世能看到的文字都是勝利者書寫的文字。」

風伯問：「如果失敗了呢？」

「那我們就永生永世都是黃帝口中的奸佞。」雨師看向蚩尤，心裡七上八下，猜不透蚩尤在想什麼。

風伯猛地拍了一下大腿，「不能流芳千古，就遺臭萬年，反正老子暢快地活過了，管別人怎麼說！」

魑魅魍魎紛紛鼓譟著說：「就是，就是。」

風伯對蚩尤鄭重地說：「我的所作所為對得起自己良心，投降就是認錯，殺了老子，老子也絕不會向黃帝投降。我跟著你已經好幾百年，榆罔對我們如何，我也都記在心裡，我們絕不能讓黃帝這樣侮辱自己兄弟。蚩尤，你下令吧！」

蚩尤看向所有跟隨他的兄弟，所有兄弟紛紛跪倒，都目光灼灼地盯著他。

面對著八十一雙甘願為他割下頭顱的熱切目光，蚩尤縱聲而笑，笑中卻透出了無奈和苦澀。他望向軒轅國的方向，好一會後，才高聲下令：「準備全力進攻軒轅國，什麼時候黃帝投降，向榆罔謝罪，什麼時候停止進攻。」

軒轅的軍隊在蚩尤的大軍面前，節節敗退。

軒轅和神農戰火連綿，高辛也不太平，被幽禁於孤島上的中容突然失蹤，幾月後在高辛國的最西邊自立為王，宣布討伐少昊。

高辛的神族兵力共有四部，青龍部是少昊的嫡系，羲和部早已歸順少昊，常曦和白虎兩部被中容幾兄弟掌控，前代俊帝仙逝後，少昊怕他們擁兵自立，一直在清除他們，可幾萬年盤根錯節的關係不是一朝一夕就能完成，此時在中容和其他幾個王子的號召下，以質疑俊帝之死為起兵藉口，兩部宣布只認中容，不認少昊。

少昊有了內亂，不得不和黃帝簽訂血盟，承諾必要時給軒轅借神族士兵，共同對抗蚩尤，軒轅卻依舊難挽頹勢，仍然是戰戰失利。

蚩尤一路勢如破竹，到達黑水。軒轅城內到處都是逃難而來的百姓，民心不穩，紛紛謠傳蚩尤的大軍很快就會攻到軒轅城。

在上垣宮，知末、離朱、象罔幾個黃帝的近臣，還有軒轅休、軒轅蒼林幾個大將一起商量著應對蚩尤的計策。黃帝半靠在榻上，顓頊站在他身旁，爺孫倆都面無表情，靜靜聆聽。

休和蒼林他們都不敢直接問黃帝，不停地示意離朱，離朱對黃帝說道：「我們說了這麼多，最終還是要陛下定奪。」

黃帝徐徐說：「自阪泉之戰後，我們的一連串失敗很正常，因為兵敗如山倒，蚩尤出手又狠毒，不要說士兵畏懼他，就連你們都在心底深處害怕蚩尤，你們誰敢說自己不怕蚩尤？」

黃帝的視線掃過他們，象罔老臉一紅，軒轅休他們都低下了頭，黃帝說：「如今想要扭轉局勢，唯一的方法就是打一次勝仗，這樣才能重振士氣，消除你們心中的畏懼。」

眾人紛紛點頭，知末說：「可是想打勝仗，就要有不畏懼蚩尤的大將。」

眾人你看看我，我看看你，都傻了眼，軒轅族能打仗的大將們都在這裡了。

黃帝與知末相識於微時，知道他沉默寡言卻言必有意，對眾人揮揮手，「你們都先退下吧。」

殿裡只剩了象罔、離朱、知末。

黃帝對離朱吩咐：「把關於中容的事情都給知末講一遍。」

離朱看著顓頊，黃帝說：「不用迴避他。」

離朱說：「多年前，俊帝仙逝，少昊下令幽禁中容，黃帝命我祕密聯絡中容，盡全力幫他與外界傳遞消息。黃帝被蚩尤重傷後，吩咐我做的第一件事情就是不惜一切代價幫助中容逃脫少昊的幽禁，我們犧牲了一百多名自小訓練的頂尖高手才幫助中容逃脫，之後的事情順理成章，中容擁兵自立，估計少昊也猜到我們在暗中支持中容，所以迫不得已放棄了中立，與我們簽訂血盟，承諾出借神族士兵，共同對付蚩尤。」

象罔和知末早知道黃帝的老謀深算，雖然意外，並不吃驚，顓頊卻震撼地看著爺爺，原來一個落子，需要算到好多年後，他人不用的棄子，卻會成為自己的絕招。

黃帝說道：「軒轅如今的形勢表面上看很糟，其實並不是那麼糟，蚩尤看著剛猛，但過剛易折，過猛易傷。短期戰役比拚的是軍隊勇猛，長期戰爭比拚的是國力財富，神農畢竟國破，百姓離散，財富又都集中在貴族手中，貴族卻已經都歸順了我們，剩下幾個冥頑不靈的也是各自為政，並不與蚩尤合作，蚩尤不可能有長期的物資補給。蚩尤深諳兵道，肯定知道這點，所以他一直採用血腥手段快速推進，每次戰役都想速戰速決。」

屋內的幾人這才有些了解蚩尤，原來他的凶殘事出有因，也是一種用兵之道。

黃帝說：「蚩尤的凶殘讓他打敗了軒轅，卻也讓天下對他心寒，軒轅的軍隊和百姓都深恨他，我們只需要一次勝仗挽住散亂的人心，就能扭轉形勢，讓仇恨變成士氣。只要一次勝仗！」

殿內幾個絕望的人都燃起了希望，激動地看著黃帝。

黃帝看著顓頊，淡淡笑道：「人的命運歸根結底是由自己決定。上一次，我輸了，其實輸給的不是蚩尤，而是我自己的性格，這一次，蚩尤如果輸了，也不是輸給我，而是輸給他自己的性格。」

顓頊心中暗驚，知道這是爺爺在教導他，反覆品味著爺爺的話。

象罔甕聲甕氣地說：「說來說去就是要打敗蚩尤，可這就是最難的地方，我也不怕你們嘲笑，反正我肯定打不過蚩尤。」

黃帝問知末，「你剛才意有所指，不害怕蚩尤的大將在哪裡？」

知末說：「應龍，派人去把應龍請回。」

離朱說：「已經派很多人去過，可他都謝絕了。」

知末說：「你沒派對人，妖族重義，應龍是為此離開軒轅，要想他回來，自然也要從此著手，你應該求王姬去請應龍回來。」心中卻十分詫異，論駕馭人心之術，天下無人能勝過黃帝，他能看透的事情，黃帝怎麼會看不透？為什麼軒轅節節敗退，哀鴻遍地，黃帝卻棄應龍不用？

黃帝的視線淡淡掃了過來，知末立即低頭，黃帝道：「應龍固然是猛將，但他的身分並不適合做主帥，不能令三軍追隨，我們必須找到一個既名正言順，又能令應龍敬服的人做主帥。」

象罔情急地問：「誰？唯有青陽殿下合適，可他重傷。」

「我的女兒，軒轅的王姬——軒轅妭。」

離朱和象罔彼此看了一眼，想起了嫘祖。嫘祖的幾個孩子雖然性格不一，卻都有父母的天賦，很善於打仗，連性情溫柔的昌意都是天生的將才。

黃帝說道：「珩兒這孩子有些像我和阿嫘年輕的時候，可惜並沒有我和阿嫘年輕時的雄心。如果不是我這次突然受傷，一直要靠她的藥石續命，只怕她早已經離開軒轅了，我在她眼中並不是個好父親，如果我請她出戰，她肯定會拒絕。逼急了，只怕她會像對少昊一樣，直接昭告天下，與我斷絕父女之情。」

離朱和象罔想到嫘祖和彤魚的千年恩怨，都忍不住嘆了口氣，「如何才能說服王姬領兵？」

黃帝看向知末，「你能說服她。」

知末默不作聲。

黃帝道：「不是我想逼迫自己的女兒，而是我和蚩尤，軒轅和神農之間不是生就是死。亡國滅族之禍就在眼前，我們都已經無路可走。知末，難道你忘記了自己曾經歷過的切膚之痛了嗎？難道你想要軒轅的子民承受那樣的痛苦嗎？難道你忘記了我們為什麼創建軒轅國嗎？」

知末抬起了頭，直盯著黃帝，這一刻，彼此都知道對方了然於胸。黃帝知道知末已經察覺了他的計謀，知末也明白黃帝知道他知道了。可黃帝絲毫不緊張，因為他已經把知末逼到了無路可走，黃帝駕馭人心之術的確天下無人能及。

半晌後，知末跪下，「我會去說服王姬。」

一封陌生的來信被送到了朝雲峰，說是給王姬，可竹簡上面什麼都沒有寫，只有一個位址，朱萸唸著位址問阿珩，「妳有朋友住在這裡嗎？」

阿珩搖頭，「沒有。」

朱萸把竹簡扔到案上，一塊殘破的布片掉了出來，「咦，這是什麼？看著倒像是用血寫的絕筆信。」

阿珩一把拿過，鮮血已經發褐，但字跡間的澎湃力量依舊撲面而來。

已經過去了好多年，但那悲壯的一幕依舊清晰如昨日。一百名軒轅族的戰士從貼身衣服上撕下一片，用自己的鮮血和親人訣別後，毅然衝入了洵山，最後或者被殺，或者葬身於火山，是他們用年輕的性命換取了若水四千勇士和昌僕的生存。

阿珩定定地看著，這封血書的署名是「岳淵」，她仍記得那個少年，第一個站出來，慷慨陳詞，穩定了軍心；第一個衝進了洵山，從容赴死；最後不惜放棄抵抗，把全部靈力化作信號，向她示警，指明了祝融的方向，否則只怕她和蚩尤都會死。

這樣的少年死就死了，永遠不可能像祝融一樣，被世人銘記和傳頌，可正是無數個這些無名的勇敢少年才支撐起了一個國家。

阿珩立即叫了阿獙下山，依照信中所寫的地址而去。

蚩尤的軍隊已經到了黑水，為了躲避戰火，百姓們紛紛西逃，軒轅城外聚集了無數這樣的人，住不起客棧，也沒有親友可以投靠，只能宿在荒林間。軒轅城白日裡溫度還好，一到晚上就十分寒冷，吃不飽，穿不暖，命硬的撐了過去，大部分人無聲無息地死了，沒有墓地，墳堆就起在死去的地方。

小孩子們還不懂疾苦，一邊餓著肚子，一邊仍然玩得很開心，在墳堆間奔跑戲耍，但他們不知憂愁的笑聲只是凸顯出了人世的無情。

阿珩看到一個和小夭差不多高的女孩子，呆呆地坐在一個墳堆旁。

阿珩不禁走了過去，小女孩仰頭看著阿珩，喃喃說：「我餓。」

「妳爹呢？」

「去打仗了。」

「妳娘呢？」

女孩子指指墳堆，滿臉天真，「娘在下面睡覺。」

阿珩心中一酸，抱起小女孩，看著滿山坡衣衫襤褸的人，有一種頭暈目眩的難受，這還是那個她自小生活的美麗軒轅嗎？

知末走到她身旁，把一塊餅子遞給女孩。

「謝謝爺爺。」女孩子把餅子小心地分成了兩半，一半藏到懷裡，拿著另一半吃。

知末不解地問道：「怎麼只吃半個？」

「一半留給娘，娘也餓。」

知末勉強地笑了笑，「真是個好孩子，妳自己吃吧，等妳娘醒了，爺爺再給妳們買一個。」

「真的？」

「真的。」

小女孩歡喜地拿出餅子，大口大口地咬著。

阿珩如今是母親，看到小女孩的樣子，疼痛和心酸來得分外激烈。這座山上還有多少個這樣的孩子？整個軒轅又還有多少個這樣的孩子？

知末看著山坡上的人群，面色沉痛，「王姬沒有經過貧亂，我卻自小就顛沛流離，飽嘗艱辛，寧做太平犬，不做亂世人。」

阿珩看著周圍，說道：「即使以前不明白，現在也明白了。」

知末對阿珩說：「我用信把妳誘到這裡，準備了滿腹的話想分析給妳聽，現在卻什麼都說不出來了。我一直不支持妳父王攻打神農，或者說我一直不支持妳父王想一統中原的雄心，所以在他發動第一次阪泉之戰前，我就離開了軒轅城，避居在潼耳山，可第二次阪泉之戰後，黃帝垂危時，我又回到了軒轅城，幫助妳父王守護軒轅，不是為了和妳父王的故交之情，而是為了生活在軒轅大地上的人。妳的母后拚盡全力，幫助妳父王創建了軒轅國，並不僅僅是為了妳的父王，還因為她和我一樣，想要創建一個讓天下賤民、流民、被歧視的妖族都平等生活的家園。在我們的努力下，軒轅國也的確做到了。妳母后也許後悔愛過妳的父王，但我相信她從沒有後悔為軒轅所付出的一切。」

阿珩拿出懷裡的血書，「你怎麼會有這封信？我當年本來準備親自把信送到他們的家人手中，可因為四嫂突然亡故，母親又重病，我只能派侍衛把信送過去。」

知末淡淡地笑了笑，眉目間無限蒼涼，「這是我兒子寫給我的信，當時我隱居在潼耳山，所以他留的是潼耳山的位址。」

阿珩一愣，眼中隱有淚光，「伯伯！」

知末重重地拍了拍她的肩膀，「阿珩，軒轅國內到處都是像我兒子一樣的兒郎。這個小女孩的父親也許就是，只不過他更不幸，連給親人寫封訣別信的機會都沒有。我至少還知道我的兒子葬身於洶山，可以去洶山祭奠，這孩子卻連父親死在哪裡都不知道。如果這場戰爭再持續下去，還會有多少父親戰死？還會有多少母親含恨而終？還會有多少孩子餓死？妳是母親，應該能體會到，對母親而言，不能保護自己的孩子，不能看到自己的孩子平安長大有多麼殘酷。」

「怎麼才能制止戰亂？」

「走到今天這一步，只能以戰止戰。我知道妳有很多苦衷，也知道妳不願意打仗，但是我相信如果王后在世，看到現在的慘象，也會告訴妳，妳是軒轅的王姬，這個孩子和她的母親都是妳的子民，保護他們是妳應該做的事情。」

阿珩看著懷中的小女孩，默不作聲，眼前卻浮現著岳淵的身影，他那慷慨赴死的面容，漸漸地和一個看不清面容的男子的身影融合，那是小女孩的父親，哀求地看著她。

知末把沉睡的孩子從阿珩懷裡抱了過去，「這些事情我來做，妳應該去做妳不得不做的事情。」

阿珩默默地看著山坡上的人群，眼中有一種徹骨的悲傷，隱隱透著絕望，知末也不催她，很久後，阿珩大步向山下走去，知末叫道：「應龍在河水一帶。」

阿珩走進朝雲殿時，黃帝正在殿內給顓頊講授功課，是他寫給蚩尤和全天下的一段文字。

「日中不彗，是謂失時；操刀不割，失利之期；執斧不伐，賊人將來。涓涓不塞，將為江河；熒熒不救，炎炎奈何？兩葉不去，將用斧柯。」

顓頊說：「那還是要動武了？可昨日爺爺不是剛說不能輕易動武？德昭天下才是上策。」

黃帝看著阿珩，說道：「有些時候，戰爭一旦開始，就沒有是非對錯，終止的唯一方法就是以暴克暴，以戰去戰。」

阿珩走到黃帝身前，「是父王讓知末伯伯來說服我出戰嗎？」

「是我。」

「我願意領兵出征，但不是為了您，您有今日，全是自作自受！如果軒轅是您一個的，它的覆滅和我沒有絲毫關係，可軒轅國不僅僅是您的，它還是母親和知末伯伯他們的一生心血，是無數為軒轅犧牲的戰士的，更是全軒轅百姓的。」

黃帝說：「我知道。」

「四哥被困洵山時，我向少昊借兵，以為他看在大哥的面子上，肯定會答應我，沒想到他拒絕了，後來……父王想必早已知道，蚩尤去了，他雖有心幫我，卻只能給我他的一半力量，只有軒轅族的士兵為了救其他兄弟，全心盡力，不惜以身赴死，那一刻我才真正理解了血脈族親、家國子民的真正含意：即使我不認識你，可我願意為了保護你而死！我剛剛知道知末伯伯唯一的兒子岳淵也死在了洵山。軒轅國內到處都是像岳淵一樣的兒郎，如果軒轅國破，他們的家人將老無所養，幼無所依。我曾經不能理解四哥赴死時的心情，他不是深愛四嫂嗎？他難道忍心拋下還年幼的顓頊嗎？可我現在能理解四哥了，岳淵他們這些人沒有負我，我也不能負他們！」

阿珩跪在黃帝面前，「父王，我為你保護軒轅，你會保護顓頊嗎？」

黃帝肅容說：「我以天下江山起誓，誰都不能傷害到他，我會悉心教導他，妳所保護的一切將來都會屬於他。」

有此重諾，阿珩再無後顧之憂，重重磕了三個頭，牽起顓頊出門而去。

小夭正一個人百無聊賴地在盪鞦韆，看到他們，眼睛都亮了，立即跳下鞦韆，飛奔過來。

阿珩一手牽著一個，「咱們去看奶奶和舅舅。」

一路行去，小夭唧唧喳喳，顓頊一直咬著唇不說話。到了墳邊，小夭和顓頊都磕頭行禮。

阿珩摟著顓頊，對顓頊說：「奶奶不願意葬在軒轅，留下遺言要歸葬青龍之首，那是奶奶的故鄉，可奶奶是王后，爺爺不同意奶奶遠歸古蜀，我也許來不及為奶奶實現這個願望了，你能答應姑姑嗎？日後你若能做主時，把奶奶歸葬青龍之首，不管任何阻撓，都絕不能同意爺爺和奶奶合葬[1]。」

顓頊鄭重地點點頭，「我答應，我一定會為奶奶實現心願，絕不讓爺爺和奶奶葬在一起。」

1. 黃帝陵墓在古中原地區，根據殘破的唐代《嫘祖聖地碑》記載，嫘祖被「尊囑葬於青龍之首」，在古蜀境內，帝后竟遠隔千里。其孫顓頊帝後來改建黃帝行宮為「嫘軒宮」，千秋祭祀、官公祭、民廟祭，讓嫘祖享有最尊貴的一切。

阿珩又拉了小夭到懷中，「小夭，娘明日要帶妳去一個地方。」

「哪裡？」

「一個娘曾經住過的地方，很美麗，長滿了桃樹，一年四季都開著桃花。」

「哥哥一起去嗎？」

「哥哥有哥哥的事情，他不能陪妳一起去。」

「哦，那我們去多久？」

阿珩沒有回答，微笑著說：「你們去玩吧，娘想獨自在這裡和奶奶舅舅們待一會。」

小夭衝顓頊做了個鬼臉，蹦蹦跳跳地去摘野花了，顓頊卻沒有動，「姑姑，妳真的要打仗去了？」

「嗯。」

「會很危險嗎？」

「我不知道。」

「不能不去嗎？」

阿珩搖搖頭，顓頊眼中有淚光，「為什麼要把小夭送走？不能把她留下嗎？我會照顧她。」

阿珩雙手放在顓頊的肩頭，「我知道，你是好哥哥！可是你還小，你的首要任務是學習，你爺爺用了江山許諾照顧好你，我不擔心你的安危，小夭的身世卻和你不一樣，將來也許會有很多人想殺她，只怕會牽累到你，所以我必須把她送到一個絕對安全的地方。」

「我不怕牽累。」

阿珩微笑著說：「可是你現在連保護自己的能力都沒有，更沒有能力保護她，只是不怕可不夠。」

顓頊雙手握得緊緊，小小的胸膛急劇地起伏著，好一會後，才聲音暗啞地問：「那妹妹什麼時候能回來？」

「也許很快。」阿珩沉默了一會，強笑著說：「也許等你有能力保護妹妹的時候。」

顓頊低著頭，悶悶地說：「我明白了。」說完，迅速抹去眼淚，轉頭就跑。

小夭站在爛漫山花中，衝顓頊招手，「哥哥，在這裡。」

顓頊跑到她身邊，「妳想要什麼花？我摘給妳。」

小夭歪著腦袋，奇怪地看著他。顓頊平時都不肯陪她玩，今天竟然要幫她摘花？

顓頊凶巴巴地問：「妳究竟要不要？」

「要，要！」小夭抓著顓頊的手，「我喜歡這種紅色的花，想編一個花冠。」

顓頊摘了很多花，給小夭編了一個花冠，替小夭戴上。

小夭嘻嘻笑著，「你是不是捨不得我走啊？」

顓頊白了小夭一眼，「巴不得妳趕緊走！」

小夭解下腰間的狐狸毛佩飾，這是大壞蛋蚩尤砍下來的狐狸尾巴，母親看她整日拿著玩，就找了枚玉環，做成一個墜飾，讓她帶著。

「這個送給你了。」

顓頊沉默地接過，手指在柔軟的狐狸毛上撫過，知道小夭很喜歡它，正想還給小夭。小夭想了想，還是捨不得，叮囑道：「等我回來，你要還給我，我只是借給你玩，你可千萬別弄壞了。」

顓頊噗哧笑了出來，反倒不打算還給小夭了，把佩飾繫到腰上，回身去找姑姑。小夭跟在他身後，不停地嘀咕，「你別弄丟了，別弄壞了，我父王說這是九尾狐的尾巴，很稀罕的。」

顓頊停了腳步，小夭問：「怎麼不走了？」順著顓頊的視線看過去，母親煢煢一個，靜坐在幾座墳墓間。

墳塋上開滿了各色的花，繽紛絢爛，卻又無限淒涼，母親的身影顯得十分單薄可憐，小夭說不清那種感覺，只是覺得心裡堵得很。

小夭想叫顓頊，可看到顓頊的眼神，她心裡竟是越發難受，都不敢開口說話，似乎一說話，眼淚就會下來，她輕輕拉了下顓頊的袖子。

顓頊用力咬了下唇，說：「沒事，我們過去吧。」他拉著小夭走過去，小夭把花冠放到阿珩頭上，「娘，送給妳，這是我和哥哥一塊做的。」阿珩笑擁住了他們。

回到朝雲殿，安頓好顓頊和小夭，阿珩去見雲桑。

嫘祖以王后的威嚴禁止黃帝的勢力進入朝雲殿，雲桑自從嫁到軒轅，一直猶如家中的女兒，和阿珩享受著一模一樣的待遇。可嫘祖仙逝後，雲桑失去了嫘祖的保護，黃帝又在阪泉慘敗，軒轅族從耀武揚威的戰勝方變成即將國破家亡的戰敗方，對雲桑的心態也從高高在上的憐憫變成了緊張提防的仇視。現在，雲桑出入都有侍女監視，雲桑索性深閉殿門，每日彈琴、養蠶、紡織、畫畫。

阿珩進去時，雲桑正在逗弄蛾子，一對對彩色的蛾子在桑林間聯翩飛舞，環繞著一身素衣的雲桑，猶如百花縈繞，煞是好看。

阿珩靜靜看了一會，說：「我沒有學會母后駕馭昆蝶的技藝，妳卻全學會了，母后一定很欣慰。」

雲桑舉起手指，上面停著一對黃色的蛾子，「父王的醫藥之術被妳全部繼承了，父王也肯定很開心。」

兩人相視而笑，阿珩走過去，拉著雲桑的手，坐到草地上，兩人身邊色彩斑斕的蛾蝶上下飛舞，絢麗奪目。

雲桑想起了少女時，在朝雲峰的日子，那時阿珩還是個才剛會走路的小丫頭，整天姐姐的叫著，她也如姐姐一般疼惜她，如今卻再不復當年。她不禁嘆了口氣，「我們本該是最好的姐妹，可惜，妳是軒轅的王姬，我是神農的王姬。」

阿珩說：「有一件事情，我一直沒有告訴妳。其實，妳不可能成為我的大嫂，我大哥在第一次阪泉之戰時就已經死了。」

雲桑難以置信地瞪著阿珩，阿珩如釋重負地長長吁了口氣，「終於把這個壓在心頭的祕密告訴妳了。」

好一會，雲桑才接受這個事實，「母后知道嗎？」

「知道，母后臨終前特意叮囑過我，讓我選一個合適的時機告訴妳，母后說妳永遠是她的女兒，母后還說，她和炎帝都希望妳幸福。」

雲桑凝視著一對又一對，飛來飛去的彩蛾，默默不語。

阿珩說：「我大哥已經不在，妳永遠不可能成為未來的軒轅王后，進而干預軒轅朝政，所以，不要再忍辱負重留在軒轅了，離開吧，趁著還有能力，逃得越遠越好！」

雲桑眼中有淚珠慢慢墜落，「妳不明白，有些事情從我們出生就注定了，我們逃到哪裡，都逃不出自己的血脈。」

阿珩心頭一點點湧起了辛酸，漸漸瀰漫了全身，寒徹骨得疼痛，半晌後才說：「我很明白，我答應了父王要領兵出征。」

雲桑霍然扭頭看向阿珩，眼中震驚、憤怒、鄙夷諸般情緒，漸漸地全都變成了哀憫。

阿珩避開她的目光，站了起來，「我們就此別過，妳保重。」

「等一等。」雲桑看著蛾子飛來飛去，一對對、一雙雙，慢慢說道：「我一直被監視，以前還能靠后土傳遞一下消息，可你父王受傷後，把后土派去了豎沙國，我已經好幾個月沒有他的消息，我有點急事想告訴蚩尤，妳能幫我送一封信給他嗎？」

阿珩輕聲說：「妳剛才也說，我是軒轅的王姬，妳是神農的王姬。」

雲桑淒笑，「妳看到內容，再做決定。」

雲桑拿出一方絹帕，用手指沾著蛾子身上的彩粉，寫道：「若他作亂，就……」雲桑的手簌簌直抖，半晌不能寫下去，阿珩不解地盯著，好一會後，雲桑才用力寫下，「就殺了他！」那個殺字寫得分外凌亂。

雲桑把絹帕遞給阿珩，「只八個字，妳看可能送出？沒有洩露任何軒轅的事，只是我們神農族內的事情，有個將軍和我頗有些淵源，我怕蚩尤顧忌到我，不能下殺手。」

阿珩爽快地說：「好，我這就叫朱萸，讓她悄悄送給蚩尤。」

她還未出聲，朱萸從林內走出，直勾勾地盯著阿珩，腳步踉蹌，一步一晃，似乎下一瞬就會摔倒。

阿珩暗道不好，她只想到有雲桑的蛾蝶守護，任何人偷聽都會被發覺，卻忘記了朱萸早幾百年就已經按照大哥的命令在朝雲峰布置了守護母后的草木陣。

「妳說的大哥是誰？青陽殿下若知道妳亂認大哥會生氣的，等他從歸墟回來，王姬可要倒楣了。」

阿珩喉嚨發澀，遲遲不能出聲，雲桑想替她開口，阿珩抬了下手，示意自己要親口告訴朱萸，她看著朱萸，慢慢說：「我的大哥、青陽已經死了。」

朱萸神情怔怔，好一會後，才好似自言自語地說：「青陽殿下死了？可是他讓我守著朝雲殿等他回來，我還在等著他，他怎麼可能不回來了呢？不，妳說的是假話！」朱萸一邊喃喃說著，一邊開始發抖，整個身子向下滑，阿珩和雲桑一左一右扶住她，「朱萸、朱萸……」

「我怎麼了?為什麼提不起一絲力氣，站也站不住。」朱萸壓著自己的胸口，「為什麼覺得胸膛裡好像有一把刀在攪來攪去?我受傷了嗎?可是我沒有和人打架啊……」

阿珩手搭在朱萸腕上，心頭一震，呆呆地盯著朱萸。

雲桑看朱萸已經疼得整個身子都在顫，阿珩卻半晌不說話，焦急地催道：「朱萸究竟怎麼了?是生病了嗎?」

「她沒有生病，也沒有受傷，她只是……」阿珩語聲突然哽咽，眼中都是悲傷憐憫。

「只是什麼?」雲桑急問。

「只是……傷心、心痛了。」

「傷心?心痛?我、我……我是爛心朽木，怎麼可能傷心、心痛?少昊和殿下都說我不可能體會到傷心是什麼感覺，我好奇地求殿下用法術讓我體會一次心痛，殿下說他做不到，還說沒有心痛很好，一生都不會傷心……妳們弄錯了!」朱萸推開雲桑和阿珩，掙扎著站起，從阿珩手裡拿過雲桑寫的絹帕，「是要把這個悄悄送給蚩尤嗎?我這就去。」一邊說，一邊踉蹌著離去。

「朱萸，大哥不可能回來了，妳已經自由，如果妳想離開朝雲峰……」

「噓!」朱萸猛然轉身，食指放在唇上，讓阿珩不要再說，「我不相信妳說的話，青陽殿下會回來的!王姬，妳雖然是他的妹妹，可妳並不了解殿下。妳知道雲澤死時他的憤怒嗎?妳知道妳成婚時他的難過嗎?妳知道王后被氣病時他的自責嗎?」

阿珩啞然無語，朱萸越說越氣，「妳什麼都不知道!妳根本不了解青陽殿下，憑什麼說他不會回來了?幾千年來，是我和他日日作伴，我是塊爛木頭時，藏在他的懷中，隨著他天南地北到處跑，修成人形後，一直服侍他，他的所作所為、所喜所傷我都知道，不管什麼時候，青陽殿下都言出必行，從沒有失信過，只有別人對不起他，從沒有他對不起別人，他說了讓我等他回來，就一定會回來！」朱萸說完，氣鼓鼓地扭頭就走。

「朱萸！」阿珩悲叫。

「什麼？」朱萸怒氣沖沖地回頭，臉色青白，眉頭緊緊地皺著，顯然心痛依舊。

阿珩沉默了一會，輕輕地搖搖頭，「沒什麼，妳好好照顧顓頊，大哥回來後會獎勵妳的。」

朱萸燦然而笑，「嗯，我知道！」用力點點頭，腳步虛浮地離開了。

雲桑盯著她的背影，「真是個傻丫頭，原來她對青陽……不但我們沒看出來，連她自己都不懂。妳說她現在究竟明不明白自己對妳大哥的心意？」

「大哥已經不在，明不明白都不重要了。」阿珩口裡說著不重要，眼淚卻潸然而落，也許大哥是明白的，可明白的大哥卻一直任由朱萸不明白，只因為他肩頭的責任未盡，也許他曾想過有朝一日，等肩頭的責任盡時，再帶著朱萸去天南地北地流浪，就像他們初相遇時一樣。如果沒有那麼一天，他寧可朱萸永遠不明白，永遠不懂得傷心，但他不知道朱萸終於傷心了。

「朱萸她真的會一直等下去嗎？她們木妖一族可比神族都命長。」

「我不知道，我只知道她很聽大哥的話，當年她在虞淵外，差點被虞淵吞噬，可大哥讓她等，她就一直在等，連腳步都沒挪一下。」

千年萬年的等待，畫地為牢，將漫長的光陰都凝固在了分開時的一瞬，永遠都是那個人欲走還未走時，款款談笑、殷殷叮嚀的樣子，看似傻呆，何嘗不是一種聰明呢？雲桑輕聲嘆了口氣，默默走向桑林，飛舞的蛾蝶環繞在她的身周，如一朵盛開的鮮花，漸漸消失在鬱鬱蔥蔥的桑林中。

第二日，阿珩帶著小夭去了玉山。

幾百年前，阿珩跟著少昊迫不及待地離開玉山時，從沒有想到有朝一日她會回來，並且帶著她和蚩尤的女兒。

重回玉山，阿獙顯得十分興奮，又是跳，又是叫。前來迎接的宮女親熱地歡迎阿獙，卻攔住烈陽，說道：「小公子，請止步。」

烈陽一愣，阿珩抿唇笑道，「姐姐不認識他了嗎？這是烈陽啊。」

宮女吃驚地瞪著烈陽，結結巴巴地說：「烈陽，你怎麼修成了個小矮子？」

阿珩大笑，阿獙也是笑得直打滾，烈陽氣得索性變回了原身，飛到枝頭。

宮女對阿珩壓著聲音說：「脾氣還是這麼大。」

小夭東張西望，問：「娘，妳不是說到處都有桃花嗎？我怎麼什麼都沒看到。」

阿珩也沒想到，再次踏足玉山時，一切已經面目全非。

幾百年前的玉山一年四季都開滿桃花，亭臺樓閣掩映在絢爛的桃花間，不管何時都芳草鮮美、落英繽紛，人行其間，如走在畫卷中。而現在的玉山，一朵桃花都看不到，只有一片才抽著嫩葉的桃樹。

這些倒還好，畢竟阿珩已經聽聞，炎帝死時，玉山降大雪，青山不老，卻因雪白頭。可是王母的樣子──

當年的王母青絲如雲，容顏似花，一雙美目寒冽若秋水，立於桃花樹下，顧盼之間，真正是豔若桃李、冷若冰霜，可如今的王母滿頭白髮，容顏枯槁，雙目冷寂。

阿珩呆呆地看著王母，小夭是自來熟，笑嘻嘻地跑到王母身邊，問王母：「奶奶，桃花呢？我娘說這裡有很多桃花。」

王母說：「桃花都謝了。」

阿珩讓小夭給王母行禮，等行完禮，宮女帶著小夭下去玩。

阿珩和王母漫步在桃林間，阿珩對王母說：「我這次來玉山有兩件事情。」

王母沒有說話，阿珩突然改了稱呼，「湄姨。」

王母冷冷一笑，「妳母親在臨死前終於肯提當年的事了？」

「其實我早就知道了，我在小月頂住過幾日，伯伯和我講了你們的事情。」

王母身子一顫，腳步頓了一頓，阿珩鼓了下勇氣才說：「伯伯說，他一直想著你們三個在一起的日子，那是他生命中過得最暢快淋漓的日子。」

王母面沉若水，沒有什麼反應，只是慢慢地走著。

阿珩又說：「娘臨去前，我問娘要不要來趟玉山，可娘一直沉默，後來娘讓我把這個帶給您。」

阿珩打開包裹，將一套鵝黃的衣衫捧給王母，衣衫上面躺著一個桑木雕刻的傀儡小人。王母冷眼看著，壓根不接，當年嫘祖決絕而去，幾千年間從未回頭，如今再回頭，已經晚了！

阿珩無奈，只能把傀儡人放在地上，傀儡一接地氣，迎風而長，變成了一個美貌的少女，和幾百年前的王母長得一模一樣，神氣態度卻截然不同。少女雙眼靈動，笑意盈盈，烏黑的青絲挽著兩個左右對稱的髮髻，髻上紮著鵝黃的絲帶，絲絲縷縷地垂下，十分活潑俏麗。

阿珩輕聲唱起了母親教給她的古老歌謠。

少女輕盈地轉了一個圈，開始跳舞，長袖翩飛，裙裾飄揚，舞姿曼妙。

王母怔怔地看著。

少女鵝黃的衣衫簇新，衣袖處卻裂了一條大口子，跳舞時，手一揚，袖子就分成兩半，露出一截雪般的胳膊。

她仍記得，白日裡她的衣袖被樹枝刮破了，她不會女紅，阿嫘卻十分精通女紅，答應晚上替她補。

可是，那支舞，她永遠沒有跳完，那個晚上，也永遠沒有來臨。

阿珩的歌聲結束，傀儡少女也跳完了舞，化作粉末，隨風而散，就如那些往事，被時光的狂風無情地吹散，不留絲毫痕跡。

樹林間突然變得太安靜，連微風吹過枝頭的聲音都清晰可聞。

王母縱聲大笑，笑得滴下淚來，「這算什麼？」

阿珩說：「對不起！娘讓我告訴您『對不起』！」

王母的笑聲戛然而止，阿嫘是她這一生見過最驕傲的女子，從未低過頭，即使打落了牙齒也會面帶笑容和血吞下，那個驕傲到近乎跋扈的西陵嫘哪裡去了？

王母沉默了很久，問道：「妳母親為什麼不親自來說？」

阿珩說：「我不知道，問她時，她總是沉默。她在病中，親手紡紗織布做了這件衣裳，讓我帶給您。」

王母靜靜地站著，目光雖然盯著阿珩，卻好似穿透了她，飛到了幾千年前。

阿嫘答應替她補好衣衫，卻沒有做到，幾千年後，她送來了一套親手做的衣衫。千年來，這是她心頭的刺，又何嘗不是阿嫘心上的刺？

王母忽而笑起來，笑容多了幾分淡然，少了幾分尖銳，「看看我現在的樣子！她堅持不來玉山很對。」王母接過衣衫，朝桃林外走去。

阿嫘堅持不見他們，王母堅持著維護容貌，渴盼著能再見他們，兩人殊途同歸——都是一個「痴」字。這已經是她們最後的美好記憶，她想抓著不放，而阿嫘不忍去破壞。

王母站在山崖前，看著雲霞如胭，彩光如錦。

當年一起攜手同遊的三兄妹已經死了兩個。如今，夕陽西下，真的只有王母一個了。

阿珩走到王母身旁，也許因為心結解開，王母的面容很柔和，只是眉目間有揮之不去的惆悵，「妳還有什麼事？」

「我想把我的女兒託付給您，請您護她周全。」

「她的父親是高辛國君，母親是軒轅王姬，誰敢傷她？」

「她叫小夭。」阿珩在案上把兩個字寫出來，「並不是高辛的王姬。」

王母不敢相信地問：「她是蚩尤的孩子？」

阿珩點點頭。

王母看著阿珩，笑了，眼中卻有憐惜，「妳知道嗎？當年我明明知道是蚩尤闖入玉山地宮，盜取了盤古弓，卻將錯就錯，把妳關在玉山六十年，是存了私心，想破壞妳和少昊的婚約，讓妳和蚩尤在一起。」

「我後來猜到了。」

「如果沒有我的一念之私，妳和少昊也許最終能走到一起，也就沒有今日之劫。」

阿珩說：「我從不後悔和蚩尤在一起，我慶幸此生遇見了他。」

王母說：「我會照顧好小夭，不過我更希望妳能和蚩尤一塊來把她接走。」

阿珩對王母行禮道謝。她把小夭叫來，殷殷叮囑小夭要聽王母的話，不要總惦記著玩，多用功修煉。

小夭自小膽子大不懼生，有個新地方玩，十分雀躍，她一邊胡亂點著頭，一邊就想跑去玩，阿珩拉住她，「小夭……」欲言又止，眼中全是不捨。

小夭奇怪地看著母親，「娘？」

阿珩為她仔細地整理好衣衫，握著她脖子上掛的玉瞳，「還記得娘叮囑妳的話嗎？」

「記得，要好好戴著，裡面有很重要的東西。」

阿珩用力抱住了小夭，摟得很緊，小夭一邊叫「娘，疼」，一邊扭著身子掙扎，阿珩放開了她，「去玩吧。」

小夭蹦蹦跳跳地跟著王母走了，走了幾步突然回頭，「娘，妳快點來接我啊，我的狐狸毛還在哥哥那裡。」

「嗯。」阿珩說不出話來，只是用力點頭。

烈陽從枝頭飛下，變回人身，「可以走了？」

阿珩對烈陽說：「你留在這裡，幫我看著小夭，如果我不能回來，等天下太平後才允許她出玉山。」

烈陽冷哼，「想都別想，要死一塊死，要生一塊生！」

「經歷了這麼多事情，我發現死容易，生艱難，留到最後的一個才是最難的。」阿珩朝烈陽跪倒，「我只能把最難的事情交給你，你捨得讓阿獙代替你嗎？」

烈陽不說話，只是盯著阿珩，面容冰冷，碧綠的眼珠中隱隱有一層晶瑩的淚光。

阿珩眼中也全是淚，她站了起來，對阿獙說：「我們走吧。」

阿獙含淚看了眼烈陽，默默地飛向高空，烈陽一動不動，孤零零地站著，沒有抬頭目送他們，而是一直深低著頭，盯著自己的腳尖。他們都以為這一生一世都是一家子，反正死都不怕了，不論生死肯定能在一起，卻不知道有時候還有不得不活下去的時候。

# 第三十五章 曾因國難披金甲

她當先一騎，絕塵而去，
所有士兵都跟著她離去，鐵騎嗒嗒，
煙塵滾滾，向著太陽升起的地方奔去，
原本明媚燦爛的朝陽，都帶上了視死如歸的悲壯。

蚩尤一路西進，連克九關，渡過黑河，打到了敦物山。敦物山是軒轅最後的屏障，軒轅國滅已經指日可待，軒轅城內的百姓又開始收拾行囊準備逃跑，士兵們也人人惶恐。

軒轅妭臨危受命，領兵出征，將士們譁然，朝內一片反對的聲浪，連象罔和離朱都為軒轅妭捏著把汗，不明白為什麼黃帝和知末會一力支持軒轅妭。

黃帝為軒轅妭精心準備了最好的鎧甲，是選用他和嫘祖的兩套鎧甲改造而成，金銀二色交相輝映，「穿上鎧甲，用妳的威嚴去震懾住妳的士兵和妳的敵人！」

半明半寐的晨曦中，將士們站在軒轅城下，黑壓壓一片，沉默地等待著他們的主帥。

軒轅妭身著鎧甲走上了點兵台，知末還是有了擔心，這個女子真能像她的父母一樣嗎？真能挽救她父母創建的軒轅國嗎？

軒轅妭按照黃帝的教導，舉起了手中的劍，將士們發出吼叫，可他們的聲音只是一種儀式，沒有激情和力量。

軒轅妭又舉了一次劍，將士們的吼叫聲大了一點，可仍然沒有激情和力量。

象罔和離朱憂心忡忡地看向黃帝，現在換主帥還來得及，不是穿上了黃帝和嫘祖的鎧甲，就能擁有黃帝的膽魄和嫘祖的機敏。

軒轅妭沉默地看著下方，那一張張年輕、緊張、茫然甚至恐懼的面孔，可是不管再害怕，他們依舊選擇拿起了武器，為守護家園而戰。不知道為什麼，她第一次有些真正理解了為什麼母親和黃帝恩斷義絕，卻從不後悔付出一切，與黃帝創建了軒轅國。

軒轅妭突然用力摘下了頭盔，頭一揚，一頭青絲撒開，飄揚在朦朧晨曦中，「我是個女人，即使用這個頭盔遮擋住我的面容，你們仍然知道我是個女人，一個像你們的母親、妻子、妹妹、女兒一樣的女人，應該站在你們的身後，讓你們保護，而不是應該站在你們前面，帶著你們去攻打另一群比你們更凶猛殘忍的男人。」

將士們用沉默表達了同意，象罔氣得直跺腳，「這孩子，這孩子真是瘋了……」立即想衝過去，挽回局面。

知末按住象罔，「稍安毋躁。」

軒轅妭開始脫鎧甲，邊脫邊往地上扔，金石相碰，發出清脆激烈的聲音，敲碎了寂靜。

一會後，淡金的晨曦中，一個穿著青色束身箭袍的女子俏生生地站在點兵臺上，與幾萬士兵對視。

「你們以為我想去打仗嗎？我不想！可是，我的父親輸給了蚩尤，我的兄長輸給了蚩尤，就是因為你們這些男兒一輸再輸，我才不得不站在這裡。我不想打仗，可我更怕神農的士兵長驅直入軒轅城，軒轅城是我的家，我不想沒有家！不想我的女兒被人欺凌，不想我的侄子對敵人下跪，不想母親的墳塋被踐踏！你們今日嘲笑我站在這裡，但我告訴你們，敵人已經打到了家門口，如果你們再輸一次，你的母親、你的妻子、你的妹妹都會和我一樣站到這裡！你們這些男人保護不了我們時，我們即使拿著繡花針也要保護自己的家園和兒女！」

軒轅妭悲傷地盯著所有的將士，所有的將士臉孔漲得通紅，胸膛劇烈地起伏著。

軒轅妭看向擁擠在城門附近的百姓，用靈力把聲音遠遠傳出去，「潼耳關失守了，你們逃向鎖雲關，鎖雲關失守了，你們逃向黑河……你們一逃再逃，逃到了軒轅城，如今戰役還沒開始打，你們又打算逃了，你們想逃到哪裡去呢？再往西過了草原就是戈壁荒漠，你們已經沒有地方可以逃了！軒轅、神農、高辛都在打仗，天下沒有安寧的淨土，如果軒轅城破，你們就是沒有國、沒有家的人，不管逃到哪裡，都不會有安身之所，都是被歧視、被凌辱的流民。」

背著包裹的百姓神色哀戚，一臉茫然。

軒轅妭指著排列成方陣的戰士：「他們現在出發，把腦袋放到刀刃下，就是為了不讓你們再逃，能有一片安身之地，可你們卻壓根不信他們，連你們都不信他們，他們究竟為什麼而戰？敵人又如何能怕他們？」

軒轅妭對著戰士們，眼含熱淚，嘶吼著質問，「這一戰是站在家門口為了保護你們的母親、你們的妻子、你們的姐妹、你們的女兒而戰，一旦輸了，敵人就會破門而入，你們會不會死戰到底、寸步不退？」

「會！」羞憤悲怒皆化作了勇氣，驚天動地的吼聲。

軒轅妭深深看了一眼城門兩側的百姓，翻身上馬，「出發！」她當先一騎，絕塵而去，所有士兵都跟著她離去，鐵騎嗒嗒，煙塵滾滾，向著太陽升起的地方奔去，原本明媚燦爛的朝陽都帶上了視死如歸的悲壯。

道路兩側的百姓，目送著大軍遠去後，一個兩個開始向城內走，正在打包裹的人卸了騾馬，把東西往回搬，更有那打鐵匠，喝斥徒弟把拆卸了的爐子都重新安好，一邊掄起大錘打鐵，一邊高聲叫嚷：「自己的家要自己保護，只要提得動刀劍的人都來領兵器，不要錢，不要錢！」

知末眼中有淚，微笑著點了點頭，對離朱和象罔說：「珩丫頭無須做黃帝和嫘祖，她就是我們軒轅的小王姬，是每個家裡的小女兒、小妹妹，所有戰士都會為了保護她而死戰！因為他們在保護的是自己的妹妹、女兒！」

黃帝走到點將臺上，彎身撿起被阿珩扔掉的鎧甲，望向天際的漫漫煙塵，心內滋味複雜，有驕傲、有心疼、有愧疚，可很快，一切的軟弱情感都被渴望征服中原的雄心一掃而空。

他對離朱下令：「我們也要準備出發了。」

「是！」

離朱跪下領命，知末神情漠然，象罔莫名其妙地看著黃帝和離朱，出發？出發去哪裡？

軒轅妭任主帥的消息傳到神農族，魑魅魍魎笑個不停，譏嘲著軒轅國已經無人，都要亡國了，卻只能靠一個女子來領兵作戰。

雨師也覺得納悶，軒轅還有開國老將在，他們怎麼會輕易認可軒轅妭？

風伯說：「不要小看軒轅妭，黃帝並沒有老糊塗，他選軒轅妭必定有他的道理，那麼多人請應龍都沒有請動，她卻一句話就令應龍再次出戰。」

雨師躊躇滿志地說：「那我們就在敦物山決戰，看看我和應龍究竟誰更善於馭水。」

敦物山一帶水源充沛，有河水、黑水大小河流十幾條，應龍作為水族之王，天生善於馭水，可以前的戰役，因為主帥的原因，應龍從來沒有真正發揮出自己的實力，這一次軒轅妭顯然和應龍關係不一般，定會重用應龍。

眾人看著蚩尤，等他定奪。

半晌後，蚩尤說：「退！」

「什麼？」所有人都不滿地驚叫，這麼多年的辛苦，那麼多兄弟的鮮血，已經打到了黃帝的家門口，只要過了敦物山，就可以直擊軒轅城，怎麼可能退？就是他們願意，他們身後一路浴血奮戰的戰士也不願意。

蚩尤冷冷掃了他們一眼，眾人這才安靜下來，蚩尤說：「軒轅士兵如今就像是被逼到山崖邊的狼，他們都知道敦物山是軒轅國最後的屏障，一旦失守就是把自己的家園交給了我們焚毀，親人交給了我們屠殺，他們為了自己的父母妻兒，絕不會失敗。」

雨師的表情有些不以為然，「我們只需下令不許傷害平民，並且宣布只要軒轅士兵投降，一定善待，將軒轅族的鬥志慢慢消解掉，他們也不見得會死戰。」

風伯默不作聲，蚩尤以凶猛殘忍震懾住了驍勇善戰的軒轅士兵，可也正因為蚩尤的凶猛殘忍，軒轅士兵恨蚩尤入骨，豈是幾個假仁假義的命令就能化解的？

蚩尤指了指後面的駐兵營帳，「你以為是什麼支持著他們背井離鄉地冒死打仗？別把你那套仁義忠孝拿出來說事，對他們來說，不管黃帝，還是炎帝，只要給他們飯吃就是好國君，他們打仗不是為了炎帝，也不是為了你我，他們就是仇恨軒轅，因為軒轅毀壞了他們的家園，殺害了他們的親人，他們要復仇！他們之所以一路追隨於我，就是因為我能讓他們復仇！」

雨師也是一點就透的人，立即明白了蚩尤的苦衷，蚩尤如果命令他們不許欺凌軒轅族人，只怕這幫心懷怨恨的人會立即去投靠能允許他們復仇的人。

蚩尤說：「守衛巢穴和雛鳥的小鳥連老鷹都可以逼退，我們沒有必要和軒轅在他們的家門口打仗，撤遠一點，他們的死志弱了，反倒更容易。」

風伯和雨師明白了蚩尤的意思。如今的軒轅就像一個怒氣沖沖的人，拚盡全力出拳，他們避讓一下，讓對方一拳落空，反而是挫對方銳氣。

第一戰，軒轅妭下令由應龍領兵。

應龍沒有辜負眾人的期望，一出征，就把蚩尤的軍隊逼退，逼得蚩尤連退三次，退到了冀州。

軒轅士氣高漲，歡欣鼓舞，應龍卻在觀察完冀州的地形後很擔憂。

他對軒轅妭說：「我覺得蚩尤下令撤退，並不是懼怕和我在敦物山開戰，而是他選擇了在這裡與我們決戰，這才是對神農最有利的地方。」

軒轅妭同意，「這裡的地形的確對我們不利。」

應龍說：「我們可以向西南撤退兩百多里。」他指指地圖，「這裡更有利於我們。」

「一旦下令後退，那就中了蚩尤的計，被國破家亡逼出的士氣會一瀉千里，蚩尤肯定趁機追殺。你忘記我們出發那日，對所有戰士的誓言嗎？我們能做的就是不管生死，絕不後退，直到把蚩尤打敗。」

士氣易散難聚，應龍悚然一驚，頷首道：「明白了。」

外面響起了擊鼓聲，士兵驚慌地跑進來：「神農要進攻了。」

軒轅妭視線掃了一圈周圍的將士，平靜地說：「那就把他們打回去。」

應龍命人吹響了進攻的號角。

自從第一次阪泉大戰，軒轅和神農之間已經打了十來年，死了幾十萬人，兩邊的士兵都身負家仇國恨，恨不得立即生吞活吃掉對方。

魑魅魍魎布起了大霧，冀州的曠野全化作白茫茫一片，沒有人能看清楚路。神農士兵訓練有素，蚩尤擊鼓鳴金，用聲音指揮著士兵前進後退，有條不紊地攻擊，軒轅族的士兵卻在大霧中失去了方向，被神農士兵無情地絞殺。

應龍立即命善於起風的離怨起風，想把大霧吹散，可在風伯面前，就如江南的拂面春風碰上了朔北的凜冽寒風，離怨沒有吹散大霧，反倒自己被風伯吹傷了。

應龍看不清楚戰場，只能聽到軒轅士兵頻頻傳來的慘叫聲，焦急得想鳴金收兵。士兵們沒有經過操練，根本不可能根據聲音就準確地判定朝哪個方向撤退，甚至有可能彼此衝撞，死傷無數，但至少可以避免全軍覆沒。

他剛準備鳴金，軒轅妭說：「等一下，你來布雨，幫我布一場濛濛細雨。」

「雨氣只會加重霧氣，令我們的士兵更加難作戰。」

軒轅妭把一包草藥粉末交給他，「把這個有毒的藥粉混在雨中降下去，風伯就會不得不吹大風，霧氣自然而然會散。」

「可我們的士兵不也會中毒嗎？」

「我早在他們的飲食中添加了解藥。」

應龍按照軒轅妭的吩咐準備行雨，雨師鼻子嗅了嗅，察覺了空氣中水靈的移動，「奇怪啊，這樣大霧的天氣，軒轅已經寸步難行，他們居然還要降雨？」

蚩尤望向西面，阿珩一身青衣，好整以暇地站在阿獙背上，忙下令，「雨中有毒，風伯，趕快起風。」

風伯立即起風，把濛濛細雨和大霧全吹散了。

才剛能看清楚路，阿珩立即手拿海螺號角，邊吹響，邊向前衝，軒轅士兵看到一個柔弱的女子都衝到了最前面，因為大霧帶來的沮喪氣餒全被羞恥壓了下去，他們跟著阿珩，奮不顧身地向前直衝。

神農士兵的隊陣被一往無前的士氣沖散，蚩尤只能鳴金收兵。軒轅士兵一路追趕，快到草地時，阿珩突然下令停止追擊，收兵回營。

魑魅魍魎跳著腳罵：「臭女人，妳怎麼不追了？」

阿珩回過頭，似笑非笑地說：「我們還不至於傻到往尖刃子上踩。」這裡所有的草都在蚩尤的靈力籠罩範圍內，只要他一催動靈力，草葉就會全部變成刀刃。

大霧中，蚩尤勝；追擊時，阿珩勝。雙方各自死傷了千餘人，算是不分勝負。

魍不甘心地盯著阿珩的背影，撓撓頭不解地嘟囔：「她怎麼就知道大哥在草地上做了手腳呢？」猛地一拍大腿，問蚩尤，「你怎麼就知道她能在雨中下毒？天下間可沒幾個人能這麼精通藥性。」

風伯偶然見過一次阿珩的真容，知道她是蚩尤的情人，剛才，當大霧散去，他看清率領軒轅大軍追殺他們的人是阿珩時，震驚地愣住，這才知道她就是軒轅的王姬、高辛的王妃，下意識地立即去看蚩尤，清清楚楚地看到了蚩尤眼中一閃而逝的痛楚。

蚩尤沒有回答魍的問題，起身徑直走了，魅極其小聲地說：「我聽過一個謠言，說蚩尤和軒轅妭有私情。」

風伯第一次動了怒，疾言厲色地說：「以後誰再敢胡說，我就割了誰的舌頭。」

風伯出去尋蚩尤，發現他獨自一個坐在高處，默默地眺望著軒轅族的陣營。

天色轉暗，飄起了雨夾雪，蚩尤卻沒有離去的打算，任由雨雪加身，仍是望著遠處的千帳營地。暗夜中，風一陣、雨一陣，千帳燈火寂寂而明，映照著破碎山河，蚩尤的背影也是無限蒼涼落寞，風伯心中陡然生起英雄無奈的傷感。

風伯走到蚩尤身後，拿出一壺酒，笑嘻嘻地說：「你怎麼跑到這裡來了？來來來，喝酒！誰先倒下誰是王八！」男人都是做的比說的多，寧願流血不願流淚，風伯不會安慰人，蚩尤也不是那種細訴衷腸的人，風伯能做的就是陪著兄弟大醉一場。

兩人喝酒像喝水，沒多久風伯喝得七八分醉了，笑說：「聽說你們九黎的姑娘美麗多情，等這場戰爭結束了，我就去九黎討個媳婦。」

蚩尤喝著酒，搖搖頭，「你不行，我們的妹子不愛哥兒俊，只要哥兒會唱歌。」

「誰說我不會唱歌？」風伯扯起破鑼嗓子開始亂吼，蚩尤大笑。風伯不滿地說：「你嫌我唱得不好，你唱一個。」

蚩尤凝望著夜色，沉默了一瞬，竟然真的開始唱了。

哦也羅依喲，
請將我的眼剜去，
讓我血濺妳衣，
似枝頭桃花，
只要能令妳眼中有我。
哦也羅依喲，
請將我的心挖去，
讓我血漫荒野，
似山上桃花，
只要能令妳心中有我。
兄弟們，
我死後請將我埋在她的路旁，
好讓她無論去哪兒，
都經過我的墓旁。

蒼涼的歌聲遠遠地傳了出去，帶著無限悲傷，在這國破家亡、山河破碎時聽來更覺心驚，風伯的酒都被驚醒了，愣愣地看著蚩尤，半晌後方問：「這樣決絕的情歌該怎麼唱回去？」

蚩尤淡淡道：「兩種回法，一種是『若我忘不掉你的影，我便剜去我的眼；若我忘不掉你的人，我便挖掉我的心』；另一種……」蚩尤遲遲未做聲，一直望著千帳燈亮的地方。

風瀟瀟，雨瀟瀟，天地滄然，山河寂寞，風伯只覺英雄氣短，兒女情長，金戈鐵馬幾百年，忽然生了倦意。等這場仗打完，不管輸贏，他都應該找個女人，好好過日子了。

淒風苦雨中，忽然間，不知道從哪裡，有隱約的歌聲傳來。

山中有棵樹喲，
樹邊有株藤喲，
藤纏樹來樹纏藤喲，
藤生樹死纏到死，
藤死樹生死也纏，
死死生生兩相伴，
生生死死兩相纏喲。

風伯豎著耳朵聽了半晌，只聽到了無數個生生死死，死死生生，感覺大不吉利，蚩尤卻綻顏而笑，拍了拍風伯的肩膀，「回去叫大家一起喝酒。」心情竟似大好。

風伯沒有明白，可他知道蚩尤已經等到了想要的答案。風伯邊走邊回頭望去——山河憔悴，風雨淒迷，霧嵐如晦，營帳千燈。

這樣的亂世，哪裡有淨土？哪裡能安穩？

可生處亂世，能有一人靈犀相通，生死相隨，即便他日馬革裹屍，醉臥沙場，這一生大概也了無遺憾了。

斷斷續續，軒轅和神農又交戰了好幾次，互有死傷，不分勝負。

蚩尤詭計多端，強強弱弱、假假真真地誘敵殺敵，他的計策在別人眼中堪稱絕妙之策，卻總會被阿珩一眼看破。但是，阿珩也拿蚩尤沒有辦法，不管她做什麼，蚩尤總能見微知著，立即反應過來。

他們兩個就像是天底下最熟悉的對手，閉著眼睛都知道對方的招數。打到後來，不僅僅他們，就是旁觀的將士也都明白了，不可能靠任何計策贏得這場戰爭，他們只能憑藉實力，用一場真正的戰役決出勝負，這樣的戰役會很慘烈，即使勝利了，也是慘勝。

沉重壓在了每個人的心頭，連總是笑嘻嘻的風伯都面色沉重，蚩尤卻依舊意態閒散，眉眼中帶著一種什麼都不在乎的不羈狂野。風伯完全不能明白，在他看來，蚩尤才應該是最悲傷的那個人。

經過幾個月的勘察，應龍興奮地告訴軒轅妭，冀州的荒野上雖然沒有地面河，地下的暗河卻不少，他有一個絕妙的計畫，只是還需要找一些善於控制水靈的神族幫忙。

軒轅妭說：「你繼續準備，我來幫你找善於馭水的神族。」

她給黃帝寫信，請他讓少昊派兵。

高辛多水，不少神族善於控水，少昊向黃帝承諾過和軒轅共同對抗蚩尤，以此換取黃帝不幫助在西南自立為王的中容，如今就是少昊兌現承諾時。

幾日後，軒轅妭和應龍正在帳內議事，侍衛帶著一個人挑簾而入，來者一身白衣，正是高辛王族的打扮，軒轅妭微微皺了下眉頭，少昊竟然只派了一個人來？應龍也失望的嘆氣，他從來者身上感覺不到強大的靈力。

那人對軒轅妭說：「在下子臣，奉陛下之命而來，有話單獨和王姬說。」

軒轅妭淡淡說：「你來此是為了幫助應龍將軍，凡事聽他調遣。」

子臣似乎無聲地嘆了口氣，容貌發生了變化，五官端雅，眉目卻異常冷肅，隨意一站，已是器宇天成、不怒自威。

竟然是高辛國君少昊！

應龍驚得立即站了起來，手忙腳亂地行禮。

少昊問應龍，「將軍覺得我可以幫上忙嗎？」

應龍激動地連連點頭，大荒封共工為水神，可在應龍眼中，少昊才是真正的天下第一馭水之神，只不過少昊在其他方面的名頭都太響，世人反倒忽略了少昊修的也是水靈。

軒轅妭盯著少昊，「你國內的事情不要緊嗎？」

「中容不是什麼大禍患，只是不想自相殘殺，消耗兵力，讓黃帝討了便宜，所以要花點時間收伏他的軍隊，眼下蚩尤才是大患，他若再贏了這場戰役，高辛就危矣。」

「多謝你肯親來幫忙，不過這是軒轅大軍，你雖是高辛國君，也要一切都聽從軍令。」

「如我所說，我叫子臣，奉陛下之命前來聽從王姬調遣。」

「應龍將軍會告訴你一切，你一切聽他號令。」軒轅妭起身就要走。

「阿珩。」少昊伸手拉住阿珩。

「末將突然想起還有點事情要辦。」應龍立即低著頭，大步跨出了營帳。

「阿珩。」少昊什麼都說不出來，可又拽著阿珩不肯放。

阿珩拿出了一方血字絹帕，「是你模仿我的字跡，請蚩尤去洵山救我和四哥嗎？」

少昊看到那些鮮血，下意識地看向阿珩的斷指，身子似乎微微顫了一顫。

阿珩見他沒有否認，微微一笑，「謝謝你了。其實，我已經不怨恨你了，你畢竟不是我們的大哥，我求你救四哥本就是強人所難。」

「我承諾過要好好照顧妳和昌意，是我失信於青陽，妳怨我、恨我都很應該。」

阿珩輕嘆了口氣，「我們年少時，都曾以為自己就是自己，只要自己想，就什麼都能做到。後來卻發現我們都無法脫離自己的家族、出身。你是高辛少昊，你想救人卻不能救，我是軒轅妭，我不想殺人卻不得不殺。有些事情明明想做，卻不能做，有些事情明明不想做，卻不得不做，連我都如此，你是一國之君，不可做、不得不做的事情比我更多。」

少昊一直渴盼著阿珩的諒解，可真到這一日，阿珩感同身受地明白了他的苦衷，他卻沒有一絲欣慰，反倒生出了更濃重的悲哀。青陽和他都曾試圖保護著阿珩，讓阿珩不要變成他們，可阿珩最終還是變成了他們。青陽如果還活著，看到阿珩身披鎧甲，手握利劍，號令千軍萬馬廝殺，不知道該有多心痛。

他們護佑著天下，卻連自己最親近的人都護佑不了！

「阿珩……」

阿珩眉梢眼角透出了濃濃的疲憊，垂目看著少昊的手，「放手吧，我雖不恨你了，可你我之間也永不可能回到過去，正因為我已真正理解了你，所以，我一清二楚，我們永不可能是朋友，你就是高辛少昊，我就是軒轅妭！」

少昊心底一片冰涼，全身無力，手慢慢地滑落。

阿珩掀開簾子，飄然離去。

深夜，除了戍營的士兵，眾人都在安睡。

阿珩帶著阿獙勘察著地形，山坡上有幾座廢棄的民居，主人也許已經死於戰火，也許逃往了別處，田園一片荒蕪。阿珩走近了，看到庭院中的桃樹，一樹繁花開得分外妖嬈，種桃的人不知道哪裡去了，桃花卻依舊與春風共舞。

原來不知不覺中，又是桃花盛開的季節，冀州離九黎不遠，想來九黎的桃花也應該開了，不知道是否依舊那麼絢爛。

阿珩突然起意，對阿獙說：「我們去九黎。」

整個寨子冷冷清清，偶爾看到幾個盛裝的少女，也沒有去參加跳花節，只是呆呆地坐在自己的竹樓上。

阿珩走進山谷，滿山滿坡開滿了桃花，山谷中卻沒有了唱歌的人。阿珩不解，那些少年、那些少女到哪裡去了？他們不是應該圍在篝火邊用山歌來求歡嗎？

忽而有歌聲傳來，阿珩聞聲而去。

一更天，吹呀吹呀吹熄了油燈光，
妹妹子上床等呀等呀等情郎。
二更天，拉呀拉呀拉上了望月窗，
妹妹子空把眼兒眼兒眼兒望。
三更天，撕呀撕呀撕破了碧紗帳，

妹妹子脫得精呀精呀精光光。
四更天，聽呀聽呀聽見了門聲響，
妹妹子下樓迎呀迎呀迎情郎。
五更天，飄呀飄呀飄來了一陣風，
妹妹子等了一呀一呀一場空。
哥啊哥，盼你盼，打了大勝仗。
哥啊哥，盼你盼，平安轉回鄉。
……

桃花樹下，唱歌的女子竟然是一個兩鬢斑白的婦人。女子看到阿珩，微笑道：「妳是外鄉人吧，來看我們的跳花節嗎？過幾年再來，男人們都去打仗了，過幾年他們就回來。」

阿珩輕輕問：「妳等情郎多久了？」

「十六年了。」

阿珩默然，那些荒野的無名屍體，早已經被風雨蟲蟻消蝕得白骨森森，卻仍舊是女兒心窩窩裡的愛郎，日日年年、年年日日，女兒等得兩鬢斑白，而那荒野的白骨卻任由風吹雨打，馬蹄踩踏。

婦人看到阿珩憐憫的眼光，很大聲地說：「阿哥會回來的！阿哥會回來的……」她的聲音越來越小，漸漸變成了喃喃低語，「戰爭會結束，一定會結束！神農和軒轅的戰爭一定快結束了，阿哥會回來……」

阿珩心驚膽寒，這個世外桃源的淒涼冷清竟然是他們造成！對兩族的百姓而言，誰勝誰負也許已經不再重要，重要的是讓戰爭盡快結束，百姓可以安居樂業。

她對婦人鄭重許諾：「是的，戰爭一定會結束。」

阿珩穿過桃花林，走向後山，白色的祭臺依舊安靜地佇立在桃林中。

綠草茵茵，落英繽紛，阿珩沿著臺階走上了祭臺，地上厚厚一層落花。一個獸骨風鈴掉在地上，阿珩彎身撿起，把風鈴重新繫到了簷下。

她輕輕搖了一下風鈴，叮噹叮噹的悅耳聲音響起。

玉山之上，寂寞的六十年，在叮叮噹噹中過了；明明已經動心，卻死不肯承認，把他留在蚩尤寨，在叮叮噹噹中離去；住在了不遠處的德瓦寨，明明擔憂著他，卻不肯面對自己的心……

叮噹叮噹、叮噹叮噹……

聲音依舊，時光卻已經是匆匆數百年。她依舊有年輕的容顏，可心已經蒼老疲憊。

阿珩默默站了很久，準備離開，回身間，一切都突然停止。

漫天落花，紛紛揚揚，蚩尤一身泣血紅衣，站在祭臺下的桃林中，靜靜地等著她，猶如一座亙古不變的山峰，過去如此，現今如此，以後亦如此。

蚩尤粲然一笑，向她伸出了手，阿珩不禁也笑了，奔下臺階，如蝴蝶一般，輕盈地穿過繽紛花雨，朝蚩尤奔去。

兩手重重交握在一起，相視而笑。

繁星滿天，落花成錦，都不抵他們這一笑，醉了春風，醉了山水。

蚩尤牽著阿珩的手，徐徐走過桃花林，走向他們的竹樓。

小樓外的毛竹籬笆整整齊齊，紅色的薔薇、白色的山茶、藍色的牽牛、黃色的杜鵑……五顏六色開滿了籬笆牆。屋側的菜地搭著竹架子，葫蘆和絲瓜苗正攀援而生。青石井臺上，木桶橫倒，水從木桶傾出，打濕了井臺下的地面，幾隻山鳥，站在濕地裡，吸啄著水坑裡的水，見到來人也不怕，反倒昂著頭，咕咕地叫。

掀開碧螺簾，走入屋內，到處都整整齊齊、乾乾淨淨。窗屜的天青紗猶如雨後的晴天，緋紅的桃花映於窗紗上，像是一幅工筆絹畫。

阿珩看著蚩尤，喉嚨發澀，這個家，他照顧得很好。

蚩尤笑了笑，抱著她，在她額頭親了一下。

鳳尾竹聲瀟瀟，桃花雨點紛紛，他們相擁而坐，和幾百年前一樣，共飲一龍竹筒酒嘎。沒有一句話，就好似連說話都會浪費了時間，一直凝視著彼此，都捨不得把視線移開，就好似一眨眼一切就會消失。

阿珩去解蚩尤的衣衫，蚩尤笑看著阿珩，一動不動，只偶爾抬抬胳膊配合一下，待自己衣衫全部褪下時，方把阿珩推倒，側身半倚，拿著一竹筒酒，用竹筒把阿珩的衣衫一點點挑開，竹筒越來越斜，酒水灑落在阿珩身上，蚩尤俯下身子，順著酒痕而吻。

婉轉的呻吟，激烈的糾纏，纏綿的歡愛。在這小小竹樓上，沒有軒轅，沒有神農，只有兩個彼此喜歡的男女，享受著世間最古老、最簡單、卻也是最濃烈、最永恆的快樂。

半夜裡，兩人同時醒了。

月色皎潔，透窗而入，阿珩貪婪地凝視著蚩尤，手指在他臉上輕輕摩挲，就好似要把他的一切都刻入心裡。

蚩尤微笑地看著她，阿珩眼中有了淚光，蚩尤猿臂輕探，把她捲入了懷裡。

阿珩的指頭在他胸膛上無意識地一字字畫著，「藤生樹死纏到死，藤死樹生死也纏。」

蚩尤剛開始沒意識到阿珩是在他胸膛上寫字，察覺到後，凝神體會著，發現她一遍遍都寫著同一句話。

蚩尤抓起了她的手，放在唇邊親了下，雙掌與阿珩的十指交纏在一起。

阿珩媚眼如絲，睨著蚩尤。蚩尤粲然一笑，兩人的身體又糾纏在了一起，就好似要把對方融化在自己的身體裡，把自己融化到對方的身體裡，激烈到近乎瘋狂的索取和給予。

終於，兩人都精疲力竭，卻依舊不肯稍稍分離，緊緊貼挨在一起。

蚩尤低聲問：「我們的女兒在哪裡？安全嗎？妳知道，天下恨我的人太多。」蚩尤竟然第一次顧慮起他的敵人們來。

「在玉山，有王母的保護，還有烈陽的守護。」

蚩尤這才放心，「那就好。」

月光照到牆壁上，發出幽幽紅光，阿珩臉埋在蚩尤肩頭，「是什麼？」

蚩尤手輕抬，牆壁上掛著的弓飛到他手裡，紅光消失，變得只有巴掌大小。竟然是盤古弓，被蚩尤隨隨便便掛在了無人居住的竹樓裡。

阿珩輕笑，「你還沒扔掉這東西啊？」

蚩尤拿起弓，對著月光細看，「雖然我拉了無數次，它都沒有反應，不過我能感覺到它不是廢物，只是堪不破它的用法。」

阿珩在玉山上時，也曾聽過盤古弓的故事，知道傳說中它是盤古鑄造來尋找心愛女子的弓，可不知道為什麼盤古一次都沒用過，卻把它列為神兵之首，交給了玉山王母保存。

阿珩從蚩尤手中拿過弓，看到弓身上好似有字，正想著太小看不清，弓變大了，「弓身上刻著字。」

蚩尤凝神看去，弓身上刻著曲紋裝飾，既似蝌蚪，又像花紋，就是一點不像字。

「這是已經失傳的文字，傳聞只是用來祭祀天地的咒語，四哥喜好賞玩古物，所以我認得幾個。」

蚩尤生了興趣，「刻著什麼？」

阿珩半支著身子趴在蚩尤的胸膛上，一字字辨認了半晌，困惑地說：「以心換心。」

這四個字十分淺白，不可能有任何異議，蚩尤默默不語，細細思索。

阿珩把弓扔到一旁，低聲說道：「盤古弓也許的確是盤古所鑄，不過說什麼不論神魔、不論生死、不論遠近，都能和心愛的人再次相聚，卻肯定是以訛傳訛的無稽之談。」

蚩尤含笑說：「不管盤古弓真假，這四個字卻沒錯。如果真能懂得以心換心，盤古大概就不會失去心愛的女子了。」

笑聲中，晨曦映在了窗戶上。

縱使再珍惜，再貪戀，再不捨得睡，這一夜終究是過去了。

阿珩起身，穿衣離去。

蚩尤不發一言，只是默默地看著她。

走到了門口，阿珩突然回身，「你身後是神農，是為你浴血奮戰的兄弟，是炎帝和榆罔，我身後是軒轅，是無數孤兒寡母，是我的哥哥侄子。我會盡全力，也請你不要手下留情，那會讓我恨自己。」

「妳知道我不會。」蚩尤半支著身子，紅袍搭在腰上，一頭黑白夾雜的頭髮散在席上，雙目隱含痛楚，笑容卻依舊是張狂的。

清晨，輪到風伯巡營，雨師主動要求和風伯一起去，又強拉上了魑魅魍魎。

走到山頂，一群人遠遠地看到軒轅妭和蚩尤一前一後飛來，蚩尤的坐騎明明可以很快，可他一直不遠不近地綴在軒轅妭身後，而以軒轅妭的修為，也不至於察覺不到蚩尤就跟在她身後，她卻毫無反應。

就要到營地，蚩尤的速度猛地快了，和軒轅妭並肩飛行，強拉過軒轅妭的身子，吻了她一下，軒轅妭也不見反抗，反而緊緊地抱住了蚩尤。只是短短一瞬，她立即放開了他，向著軒轅大軍的營帳飛去，可魑魅魍魎他們已經全部震驚得不知所措。

魍結結巴巴地問雨師，「這、這怎麼辦？他們兩個是相好，這仗沒法打了！」

魑性子衝動，立即跳了出去，攔在蚩尤和軒轅妭面前，氣得臉色通紅，對蚩尤說：「我以為是謠言，沒想到是真的，難怪你們一直難分勝負！你怎麼向大家交代？你怎麼對得起誓死追隨你的神農漢子？你怎麼對得起赤誠待你的榆罔？」

蚩尤的性子吃軟不吃硬，冷笑著問：「我需要向你們交代什麼？我對不對得起他們，要你做評判？」

好巧不巧，應龍起早巡邏也巡到了此處，聽到動靜聞聲而來，恰好聽到魑的大吼大叫。

魑指著軒轅妭大聲問蚩尤：「你和她是不是在私通？」

應龍怒叱，「你若再敢胡說八道，我們就不客氣了！」

「我沒有胡說八道，我們全都親眼看見了，就在剛才，他們兩個又摟又親。雨師，是不是？」

應龍看了看子臣，想到王姬自休於少昊，心頭疑雲密布，根本不敢再出口問。軒轅族的神將離怨焦急地說：「王姬，他們說的是不是真的？您和蚩尤真的……真的……有私情？」

跟隨風伯而來的神農族將士也七嘴八舌地問蚩尤，不管他們質問什麼，蚩尤都不說話，只是沉默地凝視著阿珩，他的眼神無比複雜，有焦灼，有渴盼，有譏嘲，也有憐惜。

蚩尤不是君子，可做事向來正大光明，就連屠城都屠得理直氣壯，絲毫不遮掩自己的殘忍。我就是屠了，那又怎樣？我就是對敵人很血腥，那又怎麼樣？可唯獨和阿珩的感情，他一直像做賊一樣藏著掖著。

在眾人的逼問下，阿珩幾次想要否認，但是蚩尤的眼神卻讓她心痛，她已經委屈了他幾百年，難道直到最後一刻，她仍不能光明正大地承認嗎？蚩尤並不在乎世人的眼光，卻在乎自己是否堂堂正正。

忽而之間，阿珩下定了決心，坦誠地說：「我是和蚩尤有私情。」她的聲音不大，卻驚得所有人懷疑自己聽錯了，連蚩尤都覺得是因為他等了好幾百年，所以幻聽了。

「我已經喜歡了蚩尤好幾百年！」阿珩又說了一遍，聲音很大，就好似在向全天下昭告。

兩邊的神將驚慌失措，像是天要翻、地要覆了一般。少昊憂心忡忡地看著阿珩，他本想打擊蚩尤在親信中的威信，所以設法讓風伯他們撞破蚩尤和阿珩的私情，卻沒料到應龍會恰巧出現，竟然把阿珩拖入了泥潭，如今一個處理不當，軒轅士兵不僅不會再聽阿珩的命令，還會鄙視唾棄她。

蚩尤卻愉悅地縱聲大笑，笑得暢快淋漓、不羈飛揚，毫不掩飾他從心底迸發的得意歡喜。

所有人都呆呆地盯著他大笑，蚩尤笑了半晌，終於不再大笑，可仍舊歡喜地看著阿珩，眼中有毫不遮掩的情意。魍結結巴巴地問：「大將軍，您、您不會中意這個軒轅妖女吧？」

蚩尤大概心情太好，竟然眨了眨眼，笑吟吟地道：「我不中意她，難道中意你？」

魍和魎都快急哭了，「可她不是好女人。不守婦道，明明嫁給了少昊，還要勾引大將軍；狠毒嗜殺，謠傳她親手刺死了自己的哥哥，就這幾個月，我們死在她手裡的士兵已經七八千了。」

「那又怎麼樣？不管她是什麼樣，只要是她，我都喜歡。」蚩尤目不轉睛地凝視著阿珩，笑嘻嘻地道。

少昊躲在人群中，滋味複雜地盯著蚩尤。阿珩似羞似嗔地瞪了蚩尤一眼，對應龍和離怨說道：「我知道你們想聽到我的解釋抱歉，想給自己一個原諒我的理由，可我不覺得自己做錯了，我並不需要你們的原諒。我唯一需要請求原諒的人是蚩尤，這幾百年間，我為了母親，為了哥哥，甚至為了我的女兒，一次次犧牲著他。三年前，母后仙逝時同意我嫁給蚩尤，我對蚩尤許諾我一定會和他在一起，可是，我再次背棄了我的諾言。我為了我的族人，不但沒有跟他，反而帶著你們來殺他。從始至終，我一直恪盡我是軒轅王姬的責任，從沒有做過半點對不起軒轅的事情，卻在一直對不起蚩尤，你們若信我，我就領兵，若不信，我可以立即把兵權交給應龍。」

應龍立即跪在阿珩腳前，「末將誓死跟隨。」

沙場上時刻生死一線的軍人與朝堂上的大臣不同，他們的是非對錯十分簡明直接，只認一個死理。應龍當年不惜毀滅龍體也要救部下的事被廣為傳頌，在軍中威信很高，再加上跟隨他巡營的都是他的親隨，看到他下跪，如同聽到軍令，也紛紛跪下。

離怨他們也跪了下來，「若沒有王姬領兵出征，只怕此時軒轅城早破。」畢竟自從領兵出征，軒轅妭的所作所為有目共睹。何況，神農和軒轅一直有通婚，開戰以來，這種家國難兩全、私情和大義不能兼顧的事情他們都聽說過。而且軒轅民風剽悍豪放，對男女之情很寬容，若軒轅妭矢口否認，他們也許表面相信，心頭卻疑雲密布，可軒轅妭大方承認，他們反倒心頭生了敬意。

少昊暗自鬆了口氣，看上去很凶險的事，沒有想到竟然因為阿珩的坦誠，輕鬆化解了。有時候人心很複雜，可有時候人心也很簡單，需要的只是一個真相。

阿珩看向魑魅魍魎，「你們跟著蚩尤已經幾百年，他是什麼樣的性子，你們竟然還要質疑？如果他會出賣你們，軒轅早就把神農山打下了，他背負了天下的惡名，難道是為了自己？真是枉讓他把你們看作兄弟了！」她的語氣中既有毫不掩飾的驕傲，也有沉重的悲哀，不管是軒轅的將士，還是神農的將士都生了幾分無可奈何的淒涼感。

魑魅魍魎臉漲得通紅，一個兩個全低下了頭。

阿珩深深看了一眼蚩尤，帶兵離去。

蚩尤微笑地凝視著阿珩，第一次，他當眾看著她時眼中再無一絲陰翳，只有太陽般光明磊落、赤誠濃烈的愛意。

第三十六章

# 生當復來歸，死當長相思

就在桃花樹下，可桃花樹下的相會卻變得不可能；
就在他們的家門前，可長相廝守卻不可能再實現。
難道連一個擁抱都成了奢望嗎？
難道連死亡都不能在一起嗎？

阿珩靜站在曠野中，半仰頭望著天空。

瓦藍的天上，朵朵白雲飄，白雲下，兩隻雄鷹徘徊飛旋，時而掠向遠處，時而又飛掠回來。

應龍和少昊走來，應龍想要上前稟奏，少昊伸了下手，示意他不必著急。

風呼呼地吹過荒野，不知道從哪裡來，更不知道要到哪裡去，半人高的野草一時低一時高，好似海浪翻捲，一層又一層綠色的波濤，無涯無垠，無邊無際，寂寞淒涼。

野風吹得阿珩青絲零亂，裙帶亂翻，她卻一直定定地望著天上的鷹，唇邊是恍恍惚惚的笑意。許久後，阿珩才發現應龍和少昊，笑容淡去，帶著幾分倦意，問道：「有事嗎？」

應龍奏道：「我和……子臣已經一切準備妥當，可以隨時發動全面進攻。」

阿珩點點頭，平靜地說：「那就準備全面進攻，和神農決一死戰。」

「是！」應龍領命而去。

少昊心下驚怕，阿珩對蚩尤的深情，他比誰都清楚，可阿珩下了必殺的命令後，竟然能平靜至此，他心頭全是不祥，急促地說：「妳真想好了？妳應該明白蚩尤就像山岳，要麼昂然佇立，要麼崩塌倒下，永不可能屈膝折腰，妳真的有勇氣殺了蚩尤？一旦開戰就再無回頭的路。」

「如果不開戰，就有路可走嗎？」

少昊無話可答，黃帝只要活著一日，就不會放棄統一中原的雄心，而蚩尤只要活著一日，就不會任由黃帝侵犯神農、詆毀榆罔。自第一次阪泉大戰到現在，黃帝和蚩尤之間打了將近二十年，雙方死了幾十萬人，累累屍骨早已經把所有的路都堵死了。

少昊默默站立良久，前塵往事俱上心頭，忽然間無限酸楚：「阿珩，妳嫁給我的那日，我們都雄心勃勃地不甘願做棋子，都曾以為只要手中擁有了力量，就可以掌握自己的命運，可為什麼如今我貴為一國之君，妳掌一國兵馬，我們卻仍然身不由己？」

阿珩想起當日，兩人香羅帳下，天真笑語、擊掌盟約恍似前生，和少昊的隔閡淡了幾分，她對少昊溫和地說：「哪裡能事事如意呢？重要的是你實現了最大的願望——登基為俊帝，守護人間星河。」

「這世上，妳已經是唯一知道我如何一步步走來的人，也是我唯一放心能與之大醉的人，即使妳恨我，我也希望妳能留下，我不想從此後釀造的酒再無人能品嘗，醉酒後再無人笑語。」

風從曠野颳過，呼呼地吹著，荒草起伏，紅蓼飛落，兩人的眼睛都被風吹得模糊了。

玉山之上，少昊一身白衣，馭玄鳥而來。那個兼具山水手神的男子驚破了漫天的華光，驚豔了眾人的眸光，可幾百年無情的時光，終是把他水般的溫潤全部磨去，只剩下了山般的冷峻。

漫天星光下，軒轅妭一襲青衫，縱酒高談，言語無忌，那個天真爛漫的少女費盡心思只為引得少昊多停駐一會，彼時的她根本想不到其後的幾百年間，她竟然絞盡腦汁，只為逃離少昊。

阿珩凝視著少昊，這個男子其實越來越像一位帝王，縱然心中不捨，依舊會無情地捨棄一切，堅定不移地前進，也許她是最後一個看到他少昊一面的人，也許在將來，他會像黃帝一樣，人們只知道他的名字是生殺予奪的俊帝，而忘記了他也曾有一個親切溫和的名字——少昊。

青陽、昌意、昌僕……那些能親切地呼喚這個名字的人，和著少昊的名字，一起被埋葬在過去。

她和蚩尤卻不能，他們永遠都不能無情，永遠都做不到捨棄那些給予了生命溫暖的人。

阿珩忽然指向高辛的方向，「那邊是什麼？」

少昊看了看，如實地回答：「土地、山川、人。」

阿珩指向神農山的方向，「那邊呢？」

少昊盡力看了一看，「土地、山川、人。」

阿珩又指向軒轅的方向，「那邊呢？」

少昊不解，卻仍然用靈力仔細看了看，「還是土地、山川、人。」

阿珩道：「這個天下不可能僅僅只有高辛族，也不可能僅僅只有軒轅族或者神農族，你若想要天下，就要先有一顆能容納天下的心，不管高辛，還是軒轅、神農，都是土地、山川、人。」

少昊心中驚動，不禁深思。

阿珩說：「不要只想著高辛美麗的人間星河，軒轅有萬仞高峰的雄偉險峻，神農有千里沃土的瓜果飄香，君臨天下的帝王應該不分高辛、神農、軒轅，都一視同仁。」

少昊神色震動，心中千年的種族壁壘在轟隆隆倒塌，看到了一個更廣闊遼遠的天地。他對阿珩深深行禮，起身時，說道：「妳一再幫我，我卻從沒有機會兌現給妳的諾言，阿珩，不要讓我做一個失約的人。」

阿珩低頭而站，神情淒婉，半晌後抬頭道：「人人都說蚩尤無情，其實你才是天下最無情的人，心中永遠權位第一，必要時，任何人都可以捨棄，所以我實不敢做任何要求，何必讓自己失望，讓你為難呢？」

少昊眼中全是痛楚，張口欲反駁，可發現阿珩只是直白地道出了一個冰冷的事實，父王、兄弟、昌意、青陽、諾奈、甚至阿珩，從親人到朋友，不都是他捨棄了的嗎？

阿珩微微一笑，眼中有懇求，「不過，如果可能，請在你的權力下，盡力保護小夭。這個孩子也許會帶給你一生最大的羞辱，你如果因此恨怨，請恨我，不要遷怒她！」

少昊眼中隱有淚光，「妳忘記妳昏迷時，是我日夜照顧她了嗎？每日下朝，只有她熱情地撲上來抱我，看我皺眉會用小手不停地來揉我的眉心，也只有她敢說我板著臉好難看，敢對我發脾氣。小夭是五神山上唯一真心愛著我的人，她給了我太多的快樂，別的不敢許諾，但我向妳承諾，她永遠都是我的女兒！」

阿珩深深行禮，「多謝。」起身後，大步離去。

「阿珩。」

阿珩回身，神情肅殺，「請子臣將軍立即去配合應龍將軍，準備對神農全面進攻。」

少昊明白，阿珩決心早定，從這一刻起一切以軍令說話，他只能彎身接令，「是！」

自阿珩出征，雲桑就一顆心高高懸起。

因為被嚴密監視，難以得到外界的準確消息，雲桑只能透過偷偷觀察黃帝的一舉一動來判斷戰場上的戰情。

幾日前，雲桑察覺黃帝行蹤詭異，似乎在祕密籌畫著什麼。她試探地求見，如果是往常，黃帝都會立即接見她，可最近都拒絕了她，十分反常。

雲桑小心翼翼地查探後，終於從顓頊和宮人的對話中偷聽到，黃帝已經不在軒轅城，不僅僅黃帝，還有離朱、象罔都一起離開了。雲桑猜不透究竟發生了什麼，但是她知道領兵的大將離開，肯定不妥。

幾經思量後，她決定離開軒轅，親自去把這個異常告訴蚩尤。

半夜裡，她偷偷逃下了軒轅山，趕往阿珩和蚩尤決戰的冀州。

可是，當她剛逃下軒轅山，就被黃帝派來監視她的侍衛發現，幾十個侍衛追來，勸她回去，雲桑拒絕了，侍衛無奈下，只能按照黃帝的密令，強行捉拿雲桑。

雲桑駕馭坐騎白鵲，邊打邊逃，邊逃邊躲，一路逃向中原。

雖然這些年，雲桑在嫘祖的教導下，神力大進，可畢竟難以抵擋幾十個侍衛，逃到宣山附近，她已經身受重傷。坐騎白鵲的一隻翅膀受傷，也難以再飛翔。

迫不得已，雲桑落在了宣山。

幾個侍衛想趁機鎖拿住她，帶她回軒轅山。雲桑一邊用言語威嚇他們，一邊用手指挖開泥土，將藏在耳墜中的一粒桑樹籽種下。

她割破手腕，用血做水，澆灌樹籽。這粒桑樹籽是父王留下的遺物，朝雲殿內，談起父王時，她曾給嫘祖看過，想送給嫘祖，嫘祖拿去在蠶繭中培育了三年，又還給她，叮囑她隨身攜帶，若有危急時刻，可以種下，用鮮血澆灌，就能和桑樹靈息相通。

雲桑也不知道這顆桑樹籽能如何幫她，只能抱著最後的希望，姑且一試。

在鮮血的澆灌下，桑樹籽迅速發芽、長大，不過一會工夫，就長成了一株巨大的桑樹，樹幹合抱有五十尺粗細，樹枝交叉伸向四方，猶如一把巨大的傘，樹葉碩大，方圓有一尺多，碧綠中鑲嵌著紅色的紋理，猶如絲絲血痕。巨大的樹葉中又結出累累串串的花朵，黃色的花朵、青色的花萼，鮮豔奪目，散發著陣陣清香。

隨著桑樹的長大，天地間靈氣異動，匯聚到桑樹周圍，無數五彩斑斕的蛾子嗅到氣味，聽從召喚而來，越聚越多，密密麻麻，鋪天蓋地，幾乎遮蓋了整座山頭，蛾子身上的磷粉四散飄落，連空氣都變得混濁。

侍衛們從來不知道小小的昆蟲聚集在一起時，會如此駭人。一點蛾粉沒什麼，可這麼多嗆人的蛾粉，他們呼吸都困難，用神力打死一團，會有更多的圍聚過來。侍衛們根本不能靠近雲桑，卻因為黃帝的命令，又不敢離去，只能在山下徘徊。

雲桑無力地靠著桑樹，心中默默對炎帝和嫘祖說「謝謝父王，謝謝母后」。

嫘祖曾對她說過，世上最強大的動物不是老虎、也不是豹子、熊，而是昆蟲，牠們看著弱小，卻數量龐大，無處不在，而且牠們群居、共用所有信息，所以世間的一切都逃不過昆蟲的耳目。

雲桑曾經不明白這句話的意思，現在她明白了，桑樹是她的靈血灌溉而生，她依靠著樹幹，與桑樹息息相通，一隻隻蛾子飛來飛去，或停落在樹幹上，或棲息在樹葉上，只要驅策蛾子，她似乎就可以知道天地間發生的一切事情。

這樣做非常耗費靈力，她已經身受重傷，可是，她想知道蚩尤和阿珩的戰爭開始了嗎？她想看到神農的故土，她還想看到他！

她望向東面，飛蛾們感受到她的心意，一群群飛向東面，密密麻麻，猶如一團團彩色雲霞，煞是好看。

隨著彩雲的飄拂，雲桑看見了廣袤無垠的大地。

景致越來越熟悉，飛快一點，再飛快一點！

鮮血漫漫而流，滋養著桑樹，雲桑倚著桑樹幹微笑，就要回到她朝思暮想的故土了——神農！

東邊的天空，雲霞湧動，金光絢爛，又是一天的黎明。

黎明時分，冀州曠野上，嘹亮激昂的號角吹響，驚天動地的戰鼓擂響，大地的寧靜被撕破，所有士兵各就各位，在應龍的指揮下結陣，準備進攻。

魑魅魍魎立即去叫蚩尤：「大將軍，大將軍……」不想蚩尤已經躍出營帳，望向軒轅。

阿珩一身戰衣，站在雲端，雙手握槌，敲擊戰鼓，鼓聲隆隆，悲壯激烈，她在親口告訴他，今日是兩國死戰，請全力以赴！

蚩尤對風伯和雨師說：「今日軒轅必有奇謀，想將我們置於死地，你們務必全力以赴。」

「是！」風伯和雨師立即鳴金擊鼓，集結全軍，準備迎戰。

應龍催動陣勢，打通了河道，把地下的暗河引到地上。

神農的士兵剛結成整齊的方陣，準備迎敵，突然看到茫茫荒野上出現了波濤洶湧的河流，向著他們奔流而來，不禁驚恐地大叫。

風伯和雨師立即領兵做法結陣，對抗應龍的陣勢。

狂風從四面八方吹來，大樹被連根拔起；疾雨鋪天蓋地落下，巨石被捲起，河流的方向漸漸扭轉，朝著軒轅族而去。

應龍大叫，「子臣！」

少昊站入了陣眼，有了他的靈力牽引，形勢立即逆轉，奔湧的河水再次流向神農族。魑、魅、魍、魎守著東西南北四個方位，匯聚天地靈力幫助風伯和雨師，可是他們這麼多人的力量都抵擋不住應龍的攻勢。

風伯皺眉大叫：「應龍雖然是龍，可我和雨師的神力絕不會比他弱。逆轉地勢，從地下把暗河導上地面絕非一般神族所能為，究竟是誰在幫他？」

滔滔河水，越來越多，越流越湍急，瀰漫了荒野，天地都變成了灰白的青色，透著難言的恐怖。

風伯和雨師已經精疲力竭，卻連水的速度都難以慢下來，眼見著大軍就要被沖走。魑魅魍魎絕望地驚叫，「蚩尤，怎麼辦？」

蚩尤駕馭大鵬飛起，凝聚起全部靈力，舉刀劈向大地，一聲巨大的轟聲，大地煙塵瀰漫。煙霧中，一條深壑在大地上裂開，深不見底，河水都流向了深壑，就好似一道巨大的瀑布。

神農大軍絕處逢生，齊聲吶喊，向軒轅軍隊示威。軒轅軍隊看著一身紅袍，腳踩大鵬，殺氣凜凜，立於半空的蚩尤，心驚膽寒。

蚩尤望向軒轅大軍，看不到阿珩在哪裡。

「逍遙！」

逍遙知蚩尤心意，變幻體型，化作了魚身。蚩尤腳踩北冥鯤，隨著瀑布墜下深壑，剎那就被瀑布吞沒。

一瞬後，眾人看到大地在慢慢隆起，河水開始向著地勢更低的方向流去。

應龍知道蚩尤在地下搗鬼，立即動用了全部靈力，靈力化作無數條色彩各異的蛇，沿著水流而去。靈蛇速度迅疾，游過時，猶如電光，水中一道道紅色、藍色、紫色、金色、銀色閃過，流光飛舞，美麗不可方物。水被靈蛇驅動，竟然像有生命一樣，開始翻山越嶺，向著神農而來。

蚩尤凝聚土靈，飛出千把黃色的土劍，寒光閃爍，穿水破土，直追靈蛇的七寸而去，一道道黃光迅疾閃過，把一條條駕馭水流的靈蛇全部戳死。

應龍身體晃了晃，眼鼻中涔出鮮血，已是受了重創。

「你先休息一下。」少昊知道應龍不是蚩尤的對手，上前掌控了整個陣法。

在少昊的靈力推動下，地上的水匯聚到一起，就像憤怒的大海一般撲向前方，想要衝過隆起的土坡。

眼見著海浪漫過了土坡，就要淹向神農，蚩尤駕馭逍遙從地下呼嘯而出，立於半空，雙掌牽引著土坡越隆越高，變成了山峰。

少昊和蚩尤的靈力正面相逢，水化作了五條巨龍，與大地上的山峰打在一起，水龍想把山摧毀，山卻想把水龍壓死。

天下靈力最強大的兩位神交戰，地動山搖，飛沙走石，天昏地暗，好似天要塌、地要陷，整個世界就要毀滅，連神力高強的風伯、雨師都不敢靠近，所有人都驚懼地躲避，整個天地都變成了蚩尤和少昊的戰場。

激戰了半晌後，五條水龍把山峰捲纏起來，水缸般的身軀勒得山峰越來越小，眼看著山峰就要碎裂。站在大鵬背上的蚩尤大喝一聲，衝向水龍，把手中的長刀全力扔出，長刀化作了一把血紅的巨刃，攜雷電之勢，劈死了兩條水龍，隨著水龍的嘶聲悲鳴，蚩尤也被憤怒的水龍打下了大鵬的背，墜入深淵，被湍急的水流捲得消失不見。

應龍、離怨他們齊聲歡呼，風伯、雨師他們卻怒髮衝冠，悲傷溢胸，齊聲慘叫，「蚩尤！」逍遙呼嘯而下，衝入地底，在水下猛衝猛撞，尋找著蚩尤。

一會後，當眾人都以為蚩尤已經死了，絕望時，蚩尤卻腳踩大鵬從深壑中一躍而出，臉色森冷，唇畔有血，高喝：「擊鼓！」他重傷到了對方，對方也傷到了他。如今的大荒，憑神力能傷到他的不過少昊一人，少昊竟然來親自助戰。

蚩尤固然吃驚，少昊更加震驚，他的全部靈力加上周密部署的陣法竟然不敵蚩尤的隨意而為。他和青陽神力雖高，可仍是用心法來控制天地間的靈氣為己所用，蚩尤卻和他們截然不同，他就像是天上的鷹、水裡的魚，與天地造化融為一體，大道無形，信手拈來，隨意揮灑。

魑魅魍魎敲響了大鼓，風伯和雨師領命全力進攻，暴雨衝擊著一切，狂風襲擊著一切，因為地形倒流的洪水更加氾濫，軒轅族的陣勢被沖散，士兵們四散逃亡。

應龍迫不得已化回龍身，去暫緩水勢，阿珩問少昊，「不能再把水導回地下嗎？」

少昊面色慘白，鮮血從胸前湧出，剛才他被蚩尤斬斷了兩條水龍，顯然已受重傷，即使再和蚩尤鬥，只怕也是輸。他搖搖頭，「蚩尤為了阻止水流，進入地下，把大地抬高，本來可以復原，可剛才北冥神鯤為了救蚩尤一陣亂衝亂撞，無意中把所有的暗河河道全摧毀了，地勢被毀，逆天而行，一定會有大災，如今這麼多的水無處可去，只能要麼淹滅神農，要麼淹滅軒轅，不是他們死就是我們亡。」

前方的河水被蚩尤抬起的山峰阻擋往回湧，後面還有源源不絕已經化做了地上河的河水流來，眼見著整個曠野就要化作汪洋大海。少昊對阿珩說：「妳立即帶兵撤退，我去開一條河道，把河水引向大海。」

應龍也對阿珩說：「王姬，趕緊撤退，我擋不了多久。」

風伯、魑魅魍魎站在山峰上，眺望著被水流沖散的軒轅士兵，高聲歡呼，「我們贏了，我們贏了！」

蚩尤卻默默地凝視著一切，神情疲憊倦怠，眼中都是隱隱地無奈痛楚。

阿珩駕馭著阿獙升到半空，放眼望去，大地之上都是水，少昊的河道還沒開好，應龍在風伯和雨師的合力進攻下，已經神竭力枯，軒轅族逐漸陷入絕境。

阿珩看向族人們惶惶不安的面孔，只要一撤退，他們就會節節敗退，直到讓出軒轅山。顓頊故作堅強的稚嫩面孔，黃帝垂垂老矣的憔悴容顏，軒轅城中絕望哀戚的百姓，無數像岳淵一樣為國捐軀的軒轅男兒，他們的妻子、女兒……她不能再讓她們像那個小女孩的娘親一樣餓死！她不能讓岳淵他們死後都不能安息！

不，絕不能撤退！

應龍昂起龍頭長嘶，請求阿珩立即帶兵撤退。

阿珩看向燦爛的太陽，刺眼的光線射入她的眼睛，她卻連眨都不眨，摸了摸阿獙，「為我做一件事情，可以嗎？」

阿獙毫不猶豫地點頭。

「活著！」

阿珩躍下了阿獙，墜向大地，回頭嫣然而笑，「去玉山找烈陽。」

下墜中，阿珩雙臂張開，將身體內被封印的力量散出，此時太陽恰在中天，正是一天中力量最強大的時候，阿珩體內也如火山爆發一般迸發出最強大的力量，身周發出刺目的白光。

阿獙感受到阿珩的氣息在消失，驚恐地昂頭悲號，蚩尤和少昊聽到阿獙的聲音，回身間看到阿珩全身綻放出刺眼的白光，同時失聲驚叫，「阿珩，千萬不要！」可是已經晚了，阿珩的身影漸漸消失在了白光中。

阿珩落到了地上，散發著刺目的白光。

隨著她姍姍而行，就好似地上有另一個熾熱的太陽，白光所及之處，地上的水剎那間就蒸騰成了白霧。在太陽的無情炙烤下，汪洋大水漸漸消失，土地慢慢乾涸，草木全部枯萎。

魑魅魍魎撲過去，想阻止阿珩，卻被阿珩的灼熱燙傷，慘叫著後退，幸虧雨師及時降下雲雨，阻擋了一會阿珩，才救了他們一命。

阿珩剛開始還能控制自己的力量，只想把洪水蒸騰完，可就如堵截洪水的堤壩被打開了一道口子，洪水不是按照所想慢慢流，而是會把口子越沖越大，最後把整個堤壩徹底沖毀。

阿珩體內的力量與天上的太陽交相輝映，越湧越多，強大的力量衝擊得她身不由己，眼睛漸漸變得赤紅，神識漸漸消失。

隨著阿珩的走近，士兵們慘叫著倒下，他們身體裡的水分全被炙烤乾，迅速化作了乾屍。

雨師從半空跌下，他修煉的是水靈，阿珩的太陽之力天生剋他，身體受到重創，連行走都困難。

應龍已經看不到阿珩的原身，只能看到一團白光中一雙赤紅如血的眼睛，像惡魔一般，看到什麼就摧毀什麼。應龍化回人身，迅速後退，如果不是前面有水在緩解，後面有少昊在幫他，他的身體只怕早就被炙毀。他驚恐地問少昊，「那究竟是什麼？王姬究竟化作了什麼？」

少昊神色哀淒，一聲不吭，只迅速地把本來要引向大海的河道改到了他們身前，用奔流不息的河水，保護住軒轅族士兵，這是他現在唯一能為阿珩所做的。

風伯扶著雨師，看著一步步走向他們的阿珩，恐懼地問蚩尤：「那究竟是什麼？」即使世間真有這麼強大的法術，可像這樣不分敵我，一視同仁，全部毀滅的法術也未免太慘無人道。

蚩尤為了保護神農士兵，試圖借水，可水全匯聚在地勢低凹處，被少昊操縱著保護軒轅士兵。蚩尤雖然五靈兼具，但只論馭水的能力畢竟不如專修水靈的少昊，根本無法從少昊手裡調動水靈。

地上的乾屍都被阿珩炙烤得焦黑，化作粉末。神農族的士氣被嚇散，士兵慘叫著奔逃。

蚩尤的親隨部隊雖然也害怕，卻一個個都站得筆挺，沒有蚩尤的命令，絕不後退。魑魅魍魎看著周圍的兄弟，悲憤地嘶叫，「這到底是什麼魔物？難道天真要亡我們嗎？」

蚩尤脫下阿珩做給他的衣袍，將衣袍揉碎撒出，帶著玉山靈氣的衣袍碎片落入大地，長出了無數棵桃樹，一片鬱鬱蔥蔥的桃林，帶來了點點涼意，阻擋著熾熱乾旱的侵襲。

風伯和雨師看性子狂妄的蚩尤只防守，遲遲不出手攻擊，心裡約略猜到幾分，對蚩尤說：

「這已經是神智全失、六親不認的魔了，你千萬不可因為顧忌、手下留情。」

蚩尤看了眼緩緩走過來的阿珩，「軍隊交給你們，立即撤退，我引她離開這裡。」

「那你什麼時候回來？我們在哪裡會合？」

蚩尤答非所問地說：「我是山野蠻夫，行事隨心所欲，縱情任性，能上戰場，卻不能治國，並不是能帶給天下安寧的人。黃帝雖然私情有虧、大義不保，可君王都要這樣無恥無情，才能守住王位和天下，讓百姓安居樂業。打了這麼多年仗，天下百姓早已經打累了，你們身為神農子民，能為神農做的也都做了，如果這次戰役後，還能活著，就好好找個女人，生兒育女，過點太平日子吧。」

雨師赤松子盯著蚩尤，眼神閃爍，欲說未說。

蚩尤淡淡一笑，「人說高辛的諾奈將軍容貌出眾，才華蓋世，性情文雅風流，是無數高辛仕女的香閨夢中人，可惜因為一段荒唐的男女情，終日沉浸在酒藥中，成了廢人。只怕那些女子們沒有一個想到他會自毀容貌，自殘身體，潛伏在神農將近二十年。」

風伯震驚戒備地看向雨師，雨師悚然而驚，知道蚩尤手段酷厲，暗暗握緊兵器，準備隨時自盡，「你什麼時候知道的？」

「我很早就知道了。雖然你和少昊計畫很周詳，知道任何易容幻形都逃不過我的眼睛，不惜毒毀容貌，傷殘身體，又知道你們從小被言傳身教的貴族氣質難以偽裝，特意託名『四世家』的赤水氏，少昊還強迫赤水氏配合他，偽造了你的出生和經歷，不過我向來多疑，連自己的女人都不會輕信，何況你呢？」

「那你為什麼不殺我？反而這十幾年來一直待我如兄弟？」

「如果是幾百年前，我在知道你騙我時，肯定立即就殺了你。可幾百年前，阿珩被我逼落虞淵時，我明白了一個道理，有些事情不能只用眼睛去看，還要用心去感受，所以我願意給你些時間，分辨清楚你究竟是誰。這麼多年，不管你是諾奈，還是赤松子，你用高辛精湛的鑄造技藝為我打造精良的兵器，讓神農士兵有武器對抗黃帝；你領兵作戰時總是毫不怕死地衝在最前面，殫精竭慮地幫助神農對抗軒轅。你所作所為都有利於神農，我為什麼要殺你？」

雨師默默無言，緊握兵器的手漸漸鬆了。

蚩尤笑問：「少昊給你的任務應該是要我和黃帝兩敗俱傷，方便高辛從中得利，你已經順利完成任務。剛才，你明明可以不必如此盡力，虛與委蛇後悄悄離開，你卻為了救魑魅魍魎，不惜對抗阿珩，以致重傷，你如今真分得清楚自己究竟是少昊的臣子諾奈，還是蚩尤的兄弟赤松子嗎？」

近二十年的時光，對神族而言並不長，若太平清閒時，只是眨眼，可二十年的金戈鐵馬，轉戰四方，朝夕相處，生死相托，一起衝鋒陷陣，一起飲酒大醉，一起受傷，一起歡笑……這世間，還有什麼樣的時光能比鐵血豪情的崢嶸歲月更激動？還有什麼樣的情誼能比生死與共的袍澤之誼更深厚？

二十年前，他憑藉一顆堅毅的心毒毀了自己的臉，臉沒了沒關係，只要心知道自己是誰就可以，二十年後，他的心卻已經面目全非，他究竟是誰？蚩尤的兄弟赤松子，還是少昊的臣子諾奈？雨師神色滄然。

風伯的戒備散去，重重拍了下雨師的肩，依舊親密地扶著雨師。確如蚩尤所說，管他是誰，反正風伯心中的雨師是好兄弟，在戰場上無數次救過自己的命。

蚩尤笑了笑，「知道你是諾奈的不僅僅是我，還有一個人也知道。你雖然毒毀了臉，自殘了身體，可她自從在婚禮上見到你後，就一直在懷疑。」蚩尤望向雙眼赤紅、化作魔身的阿珩，「不管你變成什麼樣，不管有多麼醜陋恐怖，只要你的心沒變，在她心中，你永遠都是你。」

雨師吃驚地呆住，雲桑竟然早就認出了他？她一直知道他在這裡？

那些模模糊糊的小細節全都清晰分明起來。

不知道從什麼時候起，他身周總是會有彩蛾相隨，有時是他孤獨靜坐時，蛾子會輕輕落在他的掌上，默默陪伴著他；有時是他深夜巡營時，蛾子會跟在他身側慢慢飛舞，靜靜跟隨著他。

無數個黑夜裡，因為臉上的毒傷、身上的刀傷，即使睡夢中，他都痛苦難耐。半夢半醒中，總有夜蛾翩翩而來，縈繞在他營帳內，用磷粉塗染著他的傷口，緩解著他臉上身上的痛楚。

亦真亦假，亦夢亦幻。

夢醒後，一切了然無痕，只有榻畔墜落的蛾屍，讓他懷疑自己昨夜又忘記了熄燈，以致飛蛾撲火。

原來一切都是真的，原來即使遠隔千里，她仍一直在耗用靈力，守護著他。

每天的清晨，當別人神采奕奕地睜開眼睛時，雲桑是否面色蒼白、神虛力竭地從蛾陣中走出？

她究竟陪伴了他多少個孤獨的夜晚？多少個疲憊的夜晚？多少個痛苦的夜晚？十幾年，究竟有多少個夜晚？

他一直以為是自己在默默守護她，她一無所知，可原來這麼多年，她也一直在默默守護他，是他一無所知。

雨師冰冷的面具上，緩緩落下了一串淚珠。

隨著阿珩的逼近，最外層的桃林漸漸化作枯木，蚩尤的身子晃了一晃，臉色發白。

「我得趕緊引她離開，再不走大家都要死，你們立即撤退。」

蚩尤要走，風伯拉住他，眼中淚花滾滾：「蚩尤，你一定要回來！」魑魅魍魎幾十個兄弟，全跪在了蚩尤面前，帶著後面的萬人軍隊也紛紛跪倒。

蚩尤卻看都不看他們一眼，不耐煩地說：「要走就走，別婆婆媽媽，哭哭啼啼，沒個男人樣！」他已經盡力，無愧當日對炎帝和榆罔的允諾，也無愧於八十一位兄弟歃血為盟時的豪言壯語，既然無愧天地，無愧己心，提得起，更放得下。

蚩尤大步走向阿珩。

阿珩已經到了桃林外，桃林逐漸枯萎，蚩尤忙加大靈力。

桃林綠意盎然，並且因為溫暖，開始結出花苞，一朵朵桃花迅速綻放，繽紛絢爛，奪目猶如雲霞，嬌豔好似胭脂。

阿珩呆滯的眼中突然有了神采，表情異常痛苦。她的身體根本承受不了這麼巨大的力量，毀天滅地的力量在毀滅天地，也在毀滅她，甚至她的神識都已經被摧毀，她變成了行屍走肉，只知道無意識地走著，摧毀天地，也終將被天地摧毀。

可是，當千樹萬樹桃花繽紛綻放時，那似曾熟悉的絢爛明媚，驚醒了她殘存的神識。漫天緋紅的桃花下，她看見了蚩尤，器宇軒昂，傲然立於桃花樹下，他在等著她！

她分不清身在何處，甚至不知道自己究竟怎麼了，只是恍恍惚惚地無限歡喜，好似回到了他們第一次相逢於桃花樹下時，又是一年的跳花節了嗎？他們終於可以長相廝守了嗎？

蚩尤微笑地看著她，向她伸出手，她也笑著朝蚩尤走去，她不記得究竟發生了什麼，只覺得好像跋涉了千山萬水，疲憊不堪，身體很痛，心很痛，只想靠在蚩尤懷裡，好好睡一覺。

她笑向蚩尤伸出了手，想握住他的手，抓住這一次的幸福。

可是，她驚恐地看見，蚩尤腳下的大地乾裂，蚩尤的肌膚被灼傷，蚩尤的手變得焦黑，猶如枯骨。

「阿珩，沒有關係，過來！」蚩尤依舊伸著手，微笑著向她走來。

她恐懼地後退，是她！竟然是自己！她究竟變成了什麼？

她驚慌地摸自己，卻發現頭上連一根髮絲都沒有，肌膚焦黑乾裂，全身上下沒有一塊完整的肌膚，她已經變成了世間最醜陋的怪物。

她抱著頭，縮著身子，往後退，哀哀哭泣，眼淚卻連眼眶都流不出，就已經乾涸。她連哭泣的能力都失去了！

「阿珩，還記得嗎？我對妳說過，妳若是魔，我就陪妳同墜魔道！」

蚩尤努力地想靠近阿珩，她卻哭泣著後退躲避。

蚩尤悲傷地叫：「阿珩，不要躲我，我不怕妳。」

可是我怕，怕我這個醜陋的怪物讓你灰飛煙滅，阿珩一邊無限眷念地看著蚩尤，一邊無限悲傷地往後退。

蚩尤看到阿珩的痛苦樣子，心痛得猶如被千刀萬剮。

明明彼此深愛，卻連靠近都不能，這世間還有比這更殘酷的事嗎？

明亮的陽光灑入桃林，照得片片桃花美得妖豔剔透，可是，在太陽的映照下，阿珩體內摧毀一切的力量越來越強大，就連最後的殘存神志也開始消失。

漸漸地，她什麼都不記得，忘記了軒轅，忘記了神農，忘記了自己，忘記了蚩尤，忘記了一切，只牢牢記住最後一瞬的意念，她要躲避這個桃花樹下的男人，不要把他燒成粉末。

阿珩衝著蚩尤擺手，示意他不要靠近，嘴裡啊啊嗚嗚地嚎叫，卻一句人話都不會說了。

蚩尤依舊快步向她走來，阿珩為了躲開他，猛地轉身，向著遠方跑去。

「阿珩！」蚩尤快步追去。

兩道人影一前一後，一股灼燙，一股冰涼，風一般颳過曠野，消失不見。

隨著阿珩的離去，空氣中的熾熱雖然沒有消失，但不再升高，軒轅和神農的軍隊都鬆了口氣。

風伯和雨師下令撤兵，應龍見狀，只是看著，沒有進攻的打算，剛剛經歷了毀天滅地的死劫，士兵們心驚膽顫，大將全部重傷，也實在沒有能力再追擊神農。

突然，激昂的衝鋒號角響起。軒轅和神農都震驚地抬頭，看向號角聲傳來的方向。

煙塵滾滾，鐵騎隆隆，上萬人的軍隊出現在遠處，當先一人駕馭著五彩重明鳥，一身黃金鎧甲，散發著萬道金光。

雨師驚駭地說：「不是說黃帝重傷嗎？他怎麼可能還能上戰場？不是說為了保家衛國，軒轅的全部軍力都交給軒轅王姬了嗎？怎麼還有一支軍隊？」

黃金鎧甲，率領著千軍萬馬奔馳而來，耀眼的光芒射入了每個戰士的眼睛。

軒轅族的士兵，興奮地叫著：「軒轅黃帝！」

神農族的士兵，恐懼地叫著：「軒轅黃帝！」

黃帝的聲音，威嚴溫和地響徹天地：「軒轅的兒郎們，最後一次大戰，打完這一仗就可以回家了！」

回家了！回家了！回家了……

充滿靈力的聲音綿延不絕地在曠野迴盪，比任何號角都更鼓舞人心，比任何壯語都激勵士氣。

疲憊的軒轅士兵激發起了鬥志，為了母親，為了妻子，為了女兒，為了回家……他們每一個都爆發出了全部力量，跟著黃帝衝殺向神農。曾經聞名大荒、驍勇剽悍的軒轅鐵騎，雄風再現。

士兵死傷大半，雨師、風伯、魑、魅、魍、魎都已經重傷在身，根本難以抵擋黃帝籌謀良久的伏擊，他們都知道這是一場必敗的仗。

風伯脫下披風，對雨師罵道：「你這個高辛的臥底趕緊滾回高辛，去找你的主子少昊！」
雨師卻和風伯並肩迎向黃帝，大吼著說：「等打勝了這一仗，你求老子留，老子都不留！」
風伯眼中隱有淚光，魑魅魍魎笑笑嚷嚷地說：「等打勝了，我們倒要去看看風流公子諾奈的溫柔府邸，聽說高辛的女人很是嬌滴滴。」
「殺——」
「殺——」
嘶吼聲中，兩邊的軍隊交戰在一起。
刀光劍影，血肉橫飛，與其說這是一場戰爭，不如說這是一場屠殺。
神農族士兵一個個倒下，一個個死亡。
魑、魅、魍、魎倒在了血泊中。
風伯被黃帝的金槍刺中，渾身鮮血，從高空摔下，像秋天的枯葉一般，飄飄蕩蕩地墜向大地，卻面帶微笑。那是他最後的風中之舞，他依舊像風一般無畏不羈。
雨師被象罔的百桿竹筷射中，鮮血一股股飛濺而出，他身子搖搖晃晃，卻半晌都不倒，手哆嗦嗦地抬起，象罔嚇得往後急退，又扔出一根竹筷，射向雨師的咽喉。
少昊身影急閃，擋開象罔的竹筷，救下諾奈，抱著他逃離了戰場。
「你的任務已經完成，我早就讓你離開，為什麼不撤離？我這就帶你回高辛。」
諾奈好像什麼都沒聽到，只是伸著顫顫巍巍的手，想要做什麼。
少昊查探過他的傷勢後，發現他全身經脈俱斷，已經來不及，悲痛地問：「諾奈，你還有什麼未了的心願，要我幫你做嗎？」

諾奈聽而不聞，眼睛一直看著天空，天空高遠遼闊，湛藍澄淨，不知道從哪裡飛來的五彩斑斕的蛾子，三三兩兩，在藍天下掠過，猶如一朵朵盛開的鮮花，飄舞在空中。

他抬起的手，努力了好幾次，終於顫顫巍巍地揭下自己的面具，將面具扔到一旁，把醜陋猙獰的臉暴露在陽光下。

十幾年間，好幾次，雲桑從他身邊走過，眼睛一眨不眨地盯著他，悲傷與憤怒交雜，似乎在問他，「你是誰？你是許諾過保護我的諾奈，還是來禍亂神農的雨師赤松子？」

他不知道自己是誰，只能躲藏在黑暗的面具下，迴避開她的雙眸，如今，他可以堂堂正正地告訴她，他的心沒有變！他不需要戴著面具，見她！

諾奈的手哆哆嗦嗦地伸向藍天，一隻隻彩蛾圍聚而來，越聚越多，白色的、紅色的、藍色的、黃色的……猶如春臨大地，一朵朵美麗的花朵盛開在他身周，還有幾隻美麗的蛾子竟然飛落到了他的指尖，諾奈無限溫柔，又無限繾綣地凝視著蛾子。

仍然記得，幾百年前，凹晶池畔初相逢，她無拘無束的笑靨攪動了一池春水，也驚動了他的心；凸碧山上，她芳姿俏立，慧心獨具，令他驚豔傾慕，甚至隱隱的痛心，知音難遇，可她竟然已經是少昊的未婚妻。

世人的唾罵，戰場上的血腥，多少個寂寞痛苦的夜晚，支撐著他的唯一力量就是雲桑在凹晶池畔的笑聲、凸碧山上的倩影。

他是多麼想看到她，多麼想再看她笑一次，可是二十年，整整二十年，他都躲在面具後，不敢看她一眼。

雲桑，我現在能看妳了，只想再看妳一眼！最後一眼！

可是，我知道不可能了，妳現在一定還在軒轅山，那個名滿天下的軒轅青陽是個好男兒，只希望他以後能好好待妳。

雲桑，我不能再為妳建水凹石凸的一個家，又失信於妳了。我此生給妳許過的諾言，似乎都沒做到，可是，那個和妳相逢在凹晶池畔、凸碧山下的男子並沒有辜負妳。

一隻隻蛾子飛向諾奈，停留在他的手上、胸上、頰旁，翅膀急促地搧動，似乎在傳遞著什麼，可是，諾奈看不懂，他只能無限溫柔，又無限繾綣地凝視著牠們。

最終，他滿懷遺憾，緩緩吐出最後一口氣息，手猛地墜下，雙眸失去了神采，卻依舊凝視著那些美麗的蛾子。

成千上萬隻彩蛾，縈繞著諾奈，翩躚飛舞，猶如春離大地，落花漫天。

宣山頂上。

自從戰爭開始，雲桑就強撐著，爬到桑樹上，凝望著東方。四周全是各種顏色的蛾子，一團團、一層層猶如彩色的錦緞，鋪天蓋地，遮雲蔽日。

雲桑在等候。

等著戰役的可能勝利，和諾奈的死亡。如果神農戰勝，作為高辛的臥底，他應該會作亂。她已經下令給蚩尤，殺了他。

等著戰役的可能失敗，和諾奈的活著。如果神農失敗，他的任務完成，應該會離去。

不管何種結果，她都已經決定了自己的命運。戰役失敗，神農國亡，她作為長王姬，無顏苟活，只能以身殉國；戰役勝利，諾奈被殺，她作為親口下令殺他的人，也不可能獨活，她要追隨他而去。

可是，她從來沒想到，她等來的消息是：神農失敗，諾奈死亡。

諾奈，你為什麼不離開？你的任務不是完成了嗎？為什麼不回高辛？

似乎隔著千里，與諾奈最後凝視著蛾子的溫柔、繾綣的雙眸對視，雲桑明白了諾奈想要告訴她的一切，可是諾奈卻無法聽到她想要告訴他的一切。

不過，沒有關係，我們很快就會團聚，我會仔仔細細把這麼多年的相思都告訴你。

當諾奈的心臟停止跳動，手重重落下時，一隻隻蛾子驚飛而起，一片片、一朵朵，繞著諾奈翩躚，如漫天飛舞的哀傷落花。雲桑身周的彩蛾也驟然而起，疾掠輕翔，猶如彩雲散、錦緞裂。

雲桑珠淚簌簌而落，唇邊卻綻放出最嬌美、最溫柔的笑顏。

諾奈，我來了，我馬上就來了，等等我！

雲桑把最後的靈力化作火球，烈火從桑樹的根部開始，從下而上，熊熊燃燒起來，很快，整株桑樹就化作了一朵蘑菇形狀的巨大火把。

雲桑一身白衣，站在烈火中央，身姿翩然，不染塵埃。

那麼巨大耀眼的火焰，帶著神農王族生命化作的靈氣，沖天而起，即使遠隔千里，依舊看得到。

這世間還有誰能有如此純正的神農王族靈氣？

原來這就是諾奈寧肯戰死沙場，也不肯回高辛的原因。

少昊扶著諾奈的身子，把他的頭抬起，讓他依舊睜著的雙眼看向繽紛絢爛的天際流火，那一朵朵猶如流星一般滑過天際的煙火是為他而燃。

「諾奈，看到了嗎？雲桑怕你孤單，來找你了。」

宣山上，火越燒越旺，紅光漫天，紫焰流離，猶如一場盛世煙火。雲桑全身都已經燒著，發出如白色山茶花般皎潔的白光。

她焚心炙骨，痛楚難耐。

在一片白光中，雲桑看到了諾奈，他一身錦衣，款款走向她，文采風流，儒雅卓異，猶如他們在玉山上，凹晶池畔、凸碧山下初相逢時。

恍恍惚惚中，雲桑忘記了烈焰焚身的痛楚，漫天流光，彩焰騰飛，好似是他們婚禮的焰火。天地間紫醉金迷，五彩繽紛，歡天喜地，好似全天下都在為他們慶祝，她又喜又嗔，「你怎麼才來？我等了你幾日幾夜，你都不知道我有多怕，生怕出了什麼事，他們都說你不會來迎娶我了，讓我不要再等，我才不相信！」

諾奈但笑不語，伸出雙手，溫柔地抱住了她。

雲桑依偎著諾奈，喃喃說：「你答應過要為我建造一潭凹晶池、一座凸碧山，比玉山上的更美、更精巧……」

雲桑的俏麗身影被火舌吞沒，消失不見。

火焰越燒越烈，漫天紫光，搖曳絢爛，紅焰團團墜落，猶如落花，繽紛淒迷。

雲桑最後的生命之靈消失了。

斷斷續續的廝殺聲仍在一陣又一陣傳來，大地上到處都是屍體鮮血。

少昊的手掌輕輕撫過，慢慢地合攏了諾奈的眼睛，將一天一地的鮮血紛爭關閉在諾奈的眼睛之外。

他們的世界再不需要看到這些了，而他依舊需要在鮮血中走下去。

最後一個他年少時的朋友走了，是他親手送走的。阿珩說他是世間最無情的人，何嘗說錯？他當年正因為知道諾奈對雲桑的深情和愧疚，才以幫助神農為名，要求他去神農臥底，這難道不是一種利用？當他憂慮如何瞞過蚩尤時，諾奈主動提出毒毀容貌、自殘身體，他可有絲毫反對？諾奈的死沒有他的責任嗎？難道只有黃帝為了天下，不擇手段嗎？難道不是他一步步設計著黃帝和蚩尤的對決嗎？難道阿珩和蚩尤被逼到今日，不是他和黃帝合力而為嗎？

阿珩在前面飛奔，不分辨方向，不分辨遠近，依照著心底的本能，飛速地逃跑。

蚩尤在後面苦追。

隨著阿珩的跑動，河流乾涸，大地枯裂，樹木凋零，走獸哀嗥，整個天地化作了一個巨大的火爐，千里赤地，萬里乾涸。

百姓們恐懼地哭嚷著、叫罵著，「惡魔來了，殺死惡魔，殺死惡魔！」紛紛用箭射她，用刀擲她，用劍刺她，用石頭扔她，想把阿珩驅趕走。

阿珩縮著身子，抱著頭，哀哀慘叫，四處躲避，明明她的力量可以殺死所有人，她卻不肯回擊，只是邊叫邊逃。

蚩尤心如刀割，眼中都是淚，她為了終止戰爭，給他們安寧，不惜放棄唾手可得的自由，化身為魔，他們卻什麼都不知道，反而叫嚷著殺了她。他一邊不停地打開所有攻擊阿珩的人，一邊不停地叫著：「阿珩！」

阿珩聽到他的聲音時，總會心中一痛，茫然地停住腳步，回身盯著他，似乎渴望著靠近他。可等他一走近，她就又用力揮舞著雙臂，一邊阻止著他接近，一邊哭嚎著後退，轉身飛奔逃走。

阿珩越跑速度越快，越跑溫度越高，她跑進了連綿的大山中，被眼前的景致一震，速度漸漸慢了下來。

白色的祭臺，綠色的竹樓、緋紅的桃花……周圍的景致給她一種似曾熟悉的感覺，她竟然不願意再離去，似乎就想待在這裡，就想在這裡休憩。

可是，乾旱降臨，一切都在被她毀滅，她仰天哭嚎，不要，不要！她捨不得離開，更捨不得毀滅了它們，只能痛苦地後退、遠離。

「阿珩，沒有事的，過來。」蚩尤割破了雙手的手腕，鮮血汩汩而落，流入土地，護佑住九黎。

天地間赤紅一片，乾旱肆虐，萬物俱滅。

只有，這座山上，百里桃林灼灼盛開，血一般的鮮豔，血一般的妖嬈。

蚩尤笑著說：「看，桃花都開得好好的，我們的家也好好的。」

阿珩站在桃林盡頭，痛苦不解地凝視著蚩尤，那灼灼盛開的桃花，那漫天芳菲下傲然而立的身影，都無限熟悉，在不停地召喚著她，她應該過去，可是，腦海中似乎又有另一個聲音，阻止著她。

阿珩一時渴望地前進幾步，一時畏懼地後退幾步。

蚩尤站在桃花林中，悲傷憐惜地凝視著痛苦無措的阿珩，渴望著擁她入懷，卻知道自己再無法靠近她，不等他走近，就已經灰飛煙滅。

就在桃花樹下，可桃花樹下的相會卻變得不可能；就在他們的家門前，可長相廝守卻不可能再實現。難道連一個擁抱都成了奢望嗎？難道連死亡都不能在一起嗎？

阿珩痴痴凝視著桃花林內的綠竹樓，那青石的井臺，那累累的絲瓜，那晚霞般嬌豔的薔薇花，那碧螺的簾子，還有那風鈴的叮噹聲，太過熟悉親切。

叮噹、叮噹……

叮噹、叮噹……

聲音響在她的腦中，好像有什麼東西在裡面哭泣，撕裂著她，阿珩痛苦地抱著頭，嘶聲哀嚎，究竟是什麼？

「阿珩，過來，我們到家了！」

男子站在桃花林下、綠竹樓前，高聲叫她，阿珩聽不懂，也不明白為什麼，卻被那個「我們到家了」吸引，朝著蚩尤慢慢地蹭了過去。

那裡，那裡究竟有什麼？為什麼她無法控制地想過去，卻又不停地想後退。為什麼心痛得好似要碎裂成粉末？她狂砸著自己的心口，哀哀哭嚎。

「阿珩！」

悲傷溫柔的呼喚聲，出自男子之口，卻像是從阿珩心底深處發出，她凝視著立在桃花林下、綠竹樓前的男子，忍不住地向前飛奔，好似要投入他的懷裡，可突然之間，似乎又有一個聲音在警告她，不要過去！妳會毀滅一切！她倉皇地後退，前前行行，遲疑不決。

阿珩的力量越來越強大，縱使蚩尤的生命之血也再護不住九黎，桃花林在枯萎，阿珩看到那凋零的桃花瓣，不禁嘶聲悲叫，不要枯萎！不要消失！

當最靠近她的桃樹化作灰燼時，她下定了決心，不再留戀，盯著蚩尤，一步步地後退。

「阿珩，不要走，妳不會毀滅這裡。」蚩尤悲傷地伸出了手，手腕上的鮮血在他的逼迫下，急速地洶湧而落，可還未融入大地，就化作紅煙消失在半空。

阿珩的身體也漸漸開始虛化，朦朦朧朧猶如一團青煙，蚩尤明白，太陽之火焚毀著萬物，也焚毀著阿珩，阿珩的心在漸漸被燒完，要不了多久，她就會化作煙霧，徹底消失。

又有幾株桃樹化作了灰燼，在飄散的黑霧中，阿珩咧了咧嘴，似哭似笑，猛然一個轉身，像風一般飄向遠處，要再次逃走，並徹底消失。

「阿珩，不要離開我！」突然，巨大的吶喊傳來。

阿珩聽不懂，可那聲音裡的悲傷和深情，震撼了她，她下意識地停住腳步，回身。

蚩尤神色悽楚，抬起手，盤古弓從綠竹樓裡飛出，落在他的手掌間，發出森豔的紅光。

「阿珩，還記得這把弓嗎？我一直沒有告訴妳，當年玉山地宮盜寶，並不是任性妄為，而是相思無法可解。」

蚩尤盯著阿珩，慢慢地挽起了盤古弓，對著阿珩的心口。世間沒有與弓匹配的箭，唯一的箭就是心。十指連心，十指握弓，蚩尤灌注最後的神力，透過十指，將自己的心與弓相連。

他把弓用力地拉開，弓上看似空無一物，卻有鮮血汩汩流下，隨著弓身越來越滿，鮮血越流越急，蚩尤痛得臉色煞白，整個身子都在簌簌而顫，猶如在禁受剜心之痛。

弓終於拉滿了，蚩尤凝視著阿珩，十分溫柔地射出，「阿珩，我不會讓妳再次離我而去。」

鏗！

盤古弓驟然一聲巨響，漫天華光，天搖地動，桃花林內，落花紛紛。

「啊——」

漫天飛舞的落花中，阿珩淒厲地慘叫，猶如胸膛被生生地扯開，射入了什麼東西，她痛苦地捂著心口，身體內焚毀一切的灼熱卻在漸漸消失。

蚩尤也痛苦地捂著心口，無力地半跪到了地上，頭卻高高地昂著，焦灼迫切地盯著阿珩。

漸漸地，隨著體內恐怖力量的消失，阿珩眼睛裡的赤紅色褪去，她的神志清醒了。

漫天桃花，紛紛揚揚，飄飄灑灑，猶如一場最旖旎溫柔的江南煙雨。

迷濛的桃花煙雨中，蚩尤半跪在地上，一手捂著心口，一手伸向阿珩，柔聲而叫：「阿珩，過來。」

阿珩凝視著他，搖搖晃晃地向他走去。蚩尤用力站起，也踉踉蹌蹌地向著阿珩走去。

赤紅的天，血紅的地，天地間一片血紅，萬物都昏迷不醒，沒有一絲聲音，只有一對人影掙扎著走向彼此，他們就好似成了這個天地中唯一的男人、唯一的女人。

百里桃花，灼灼盛開，他和她終於相會在桃花樹下。

漫天花雨中，蚩尤笑把阿珩擁入了懷，緊緊又緊緊地摟住。阿珩依偎在他的胸口，幸福地微笑，卻隱隱覺得哪裡不對，一瞬後，才發現不能再像以往一樣，聽到他鏗鏘有力的心跳聲。他的胸膛冰冷，不再像以往一樣熾熱滾燙，澎湃著力量。

阿珩驚恐地抬頭，盯著蚩尤，蚩尤只是微笑地凝視著她，眼中柔情無限，她漸漸明白了一切，原來這就是盤古弓的以心換心，他用自己的心，換掉了她被太陽火毀滅的心。

蚩尤他沒有了心……他就要死了！

阿珩凝視著蚩尤，慢慢地竟然也微笑起來，眼中有一種平靜的決絕。藤生樹死纏到死，藤死樹生死也纏！

她如一株藤蔓一般，微笑著緊緊地抱住了蚩尤。無論如何，他們終於在一起了，那麼，生死都不再重要，就這樣，長相廝守；就這樣，永不分離；就這樣，天長地久。

蚩尤摟著她，虛弱地說：「還記得在朝雲峰峰頂上，妳說過的話嗎？妳說『想看著小夭、顓頊平平安安地長大，看他們出嫁、娶妻』，我承諾一定讓妳如願。如果妳現在就離開，肯定會遺恨終身，永遠不能放心小夭，難道妳不想看著我們的女兒出嫁嗎？不想知道她會嫁給一個什麼樣的男子嗎？」

阿珩急切地張嘴，蚩尤的手指放在她的唇上，微笑道：「我知道我還答應了要和妳每天都在一起。」

阿珩抓著蚩尤的手，用力地點頭。

蚩尤帶著幾分譏嘲，淡淡說：「這世間的歷史都是由勝利者講述，小夭長大後，聽到的父親是一個欺上辱下、殘忍嗜殺的魔頭，還勾引了她的母親。她也許會深恨我，甚至恨妳。阿珩，妳幫我親口告訴小夭，我很愛她。告訴她，她的父親和母親沒有做任何苟且的事，讓她不要為我們羞恥。我自己無父無母，我不想我的女兒再無父無母，自小夭出生，我沒有盡一天父親的責任，這是我唯一能為她做到的事情，就是讓她的母親活著，讓她有機會知道她的父親和母親究竟是什麼樣的，讓她不必終身活在恥辱中。」

阿珩眼中淚珠滾滾而落，搖著頭，不，她不想獨自偷生！

蚩尤溫柔地說：「我知道很痛苦，但是活下去，為了我，為了我們的女兒，等妳看到女兒長大的那日，妳一定會明白我今日的選擇，一定會覺得一切的痛苦都值得。妳能答應我活下去嗎？」

阿珩看著蚩尤，不肯答應，只是落淚。蚩尤身子顫了顫，聲音越發微弱了，「阿珩，答應我！」眼中有哀求。

蚩尤縱橫睥睨一生，阿珩從未見過他這樣的眼神，無法拒絕，終於艱難地點點頭。

蚩尤握著阿珩的手，放到她的心口，讓她感受著心跳，「我永遠都在妳身邊，我會等著妳來找我，親口告訴我，我們的女兒過得很幸福，妳一定要讓她對著天空好好叫我幾聲『爹』，讓我仔細聽一聽，我從來沒有聽到她叫我爹……」蚩尤的身子軟倒在阿珩懷中，「不知道她叫爹爹的聲音是什麼樣的，一定是世間最動聽的聲音……」

「我們現在立即去找小夭，讓你親耳聽她叫你爹爹。」阿珩急急背起了他，跌跌撞撞地跑著。

蚩尤忽而輕聲而笑，竟然親了阿珩的耳朵一下，喃喃低語，「傻阿珩呀傻阿珩，我的傻阿珩……」

阿珩不明白他在笑什麼，下一個瞬間才想起了，博父山上，她也是這麼背著他的，讓他占盡了便宜。

「妳這麼傻，這麼容易上當受騙，真不放心留妳一個，記住了，以後不可以輕易相信任何人……」蚩尤的聲音越來越低，越來越沒力。

阿珩急促慌亂地叫：「蚩尤，蚩尤，堅持住，我現在就帶你去見女兒，你還沒聽到女兒親口叫你爹！」

蚩尤強撐著說：「好，我會堅持……」眼睛卻在慢慢闔上。

阿珩故作興高采烈地說：「我可一點不傻，你狡詐無賴，自以為戲弄了我，卻不知道我一直有個小祕密，從沒有告訴過你，其實一直被蒙在鼓裡的是你，不是我。你還記得我們第一次相逢嗎？不是那個我不知道的相逢，是真正的第一次相逢……」

蚩尤很想告訴阿珩，記得，關於她的一切，他早刻在了心上，一生一世不會忘。可是，他用盡了力氣，也沒有聽到自己的聲音，只有阿珩的聲音越去越遠、越去越遠，漸漸消失。

「那是一個夕陽西下、晚霞滿天的傍晚，你站在荒涼的曠野中……」

與蚩尤初次相逢時，是一個晚霞滿天的傍晚。

他一身破舊的紅衣，黑髮未束未繫，猶如野人一般披散著，站立在荒蕪的大地上，仰頭望著遠處，看不清楚面容，只一頭黑髮隨著野風激揚，有一種目空一切的狂傲。

那身影，好似將整個天地都踩在腳下，吸引得阿珩身不由己地朝著他走過去。

在他回頭的一瞬間，那雙眼眸中夕陽瀲流光、晚霞熙溢彩，流露的東西，太過複雜激烈，她沒有看懂，卻讓她的心為他漏跳了一拍。

她明明知道博父國就在他剛才仰頭而望的方向，可是她竟然鬼使神差地走了過去，莫名其妙地問他：「公子，請問博父國怎麼走？」

他冷漠地看了她一眼，視線未作任何停留，揚長而去，而她竟然一剎那心中茫然所失，立即追上去，抓住了他的衣袖，那一刻，她心跳如擂，覺得自己瘋了，為什麼會那麼急切地想挽留住一個陌生的男子。

他背脊僵硬筆直，凝視著天盡頭的晚霞，遲遲沒有回頭，她也一直沒有放手，那也許是她有生以來最漫長的一刻，就在她再堅持不下去，想要縮手時，他笑著回過了頭。

眼眸仍舊是那雙眼眸，卻沒有了剛才的懾人光華。

阿珩心下失望，但又不好說「我知道怎麼去博父國」，只能隨著這個無賴，一路哭笑不得地進入了博父城。

直到很多很多年後，她才明白了蚩尤回眸時眼中的懾人光華是什麼，也才明白自己以為的初次相逢，於他而言，只是百年後的重逢，甚至不是他情願的重逢。

如果沒有她的挽留，他們會再次擦肩而過。也許此生，再無交會。他做他的神農將軍，她做她的高辛王妃。

他一直以為是自己的強勢追逐，才把不經意的相逢變成一世情緣，卻不知道那最初的一挽，是她。

如果，沒有那一次他偶然的回眸，沒有那一次她冒失的挽留，也許她永不會走進他心中，也許他永遠都會是天不能拘、地不能束的蚩尤，也許就不會有今日的一切。

如果，可以再來一次，阿珩不知道是否還會去問那句「公子，請問博父國怎麼走」。

「蚩尤，你說我該問嗎？」

背上的人沒有回答她，他的雙臂軟軟地垂著，阿珩的眼淚簌簌而流，卻裝作毫無所覺，依舊把神力源源不斷地輸入他的體內，「我知道你又笑我了，不許笑！你再嘲笑我，我就把你扔到懸崖下去！我再告訴你一件好玩的事情，小夭這丫頭別的本事沒有，不過有一點和你很像，霸道蠻橫，有一次我帶她去……」

淚眼迷濛中，她根本不知道自己該走向哪裡，卻踉踉蹌蹌地走著，用盡一切力量地走著，似乎只要前面的路在繼續，永遠不要停，他就會永遠在她背上。

「蚩尤，你看天邊的晚霞，好不好看？不過沒有我們相逢時的晚霞好看……」

天際流光璀璨，焰火繽紛，阿珩一邊絮絮叨叨地說著話，一邊跌跌撞撞地走過去。

突然間，她腳下被什麼東西絆住，摔了下去，她半跪在地上，呆呆地看著膝下的血紅水泊，水泊中倒映著一個面目可怖的禿頭女子，一瞬後，阿珩才反應過來，那是自己，而這血紅的水泊竟然是一窪鮮血。

她慢慢抬頭，放眼望去——

不知道何時，她置身在荒涼的曠野上，從她的腳下到天際都是支離破碎、橫七豎八的神農士兵屍體，無邊無際。

魑、魅、魍、魎。

風伯。

雨師……

遠處的軒轅軍隊，旌旗飄揚，意氣風發，黃帝的黃金鎧甲，在忽明忽寐的光影中分外刺眼。

阿珩不敢相信軒轅竟然還有伏兵，自己的父親竟然還能領兵作戰。

原來第二次阪泉之戰後，黃帝就意識到，蚩尤神力強大，心思狡詐，他根本不可能在戰場上打敗蚩尤。

黃帝知道阿珩身體裡潛藏著毀天滅地的可怕力量，蚩尤又似乎對阿珩有情，這世間唯有阿珩，既能剋制住蚩尤的神力，又能牽制住蚩尤的人。

可是，怎麼才能逼阿珩與蚩尤生死對決？

黃帝在逃回軒轅山的路上想必和蚩尤、少昊一樣，聽說了阿珩自休高辛王妃，肯定明白嫘祖的死讓阿珩失去最後的牽掛，決定離開軒轅了。

蚩尤明明手下留情，未殺死黃帝，黃帝卻命離朱補打了他一掌，加重傷勢，用自己的性命逼阿珩留下，之後又利用阿珩的重情重義，用整個軒轅的百姓做棋子，逼阿珩出戰，自己率兵埋伏在暗處，不管阿珩和蚩尤誰勝誰負，他只要選擇一個合適的時機，進行伏擊，都能成功剿殺蚩尤的軍隊。

黃帝終於打敗神農，一統中原，兩國百姓終於可以安居樂業了！

可是，魑、魅、魍、魎、風伯、雨師……

阿珩看向天際，原來那璀璨的流光不是晚霞，而是雲桑的生命，一朵朵搖曳而墜的煙花中浮現出雲桑的容顏，淺淺而笑，似在和她最後告別。

幼時在朝雲峰上朝夕相處，親如姐妹，分享心事，母親病重時，兩人一同膝前盡孝、彼此扶持……

「姐姐。」

串串淚珠滑下，阿珩很想閉上眼睛，將所有的血腥都關閉在外，但她無法做到，蚩尤就躺在她身旁，唇角斜挑，依舊是不羈睥睨的笑，面目栩栩如生，似乎下一個瞬間，他就會睜開雙眼，大笑著跳起來，用力把她拽入懷。

阿珩雙手哆哆嗦嗦地摸過蚩尤的面頰，「蚩尤，蚩尤。」

可是，不會了，永不會了！他永不會再睜開眼睛，笑叫她一聲「阿珩」了。

阿珩抱著蚩尤，跪在滿地屍首間，痛苦地對著天空哀嚎，「啊——啊——」

淒厲的聲音在荒涼的曠野上傳開，卻驚不醒一天一地沉默的屍體。

蚩尤，為什麼要留我獨活？為什麼要留我獨自面對這一切？如今她神不神、魔不魔、妖不妖、人不人，天下雖大，何處有她容身之處？

你們都死了，只有我一個活著，背負所有的記憶活著太痛苦，我堅持不住，我等不到女兒長大了，我想現在就來找你。

胸膛中的心似乎感受到她的悲傷、絕望，在劇烈地跳動，伴隨著劇烈的心跳，蚩尤的屍體竟然冉冉飄起，如煙霧一般散開，化作一片片桃花，溫柔地環繞著阿珩，悠悠飄舞著。

蚩尤，你想告訴我什麼？

阿珩慢慢閉上了眼睛，仰著頭，一手捂住心口，一手伸出。

在漫天花海中，似乎仍能感受到他的氣息，那拂過指尖臉頰的一片片桃花就是他溫柔的手，而掌心下，屬於他的心正在為她跳動。

咚咚、咚咚……

咚咚、咚咚……

霎時，阿珩淚流滿面，原來，你就在這裡！原來，你真的會永遠陪著我！

她喃喃說：「我明白了，不管多痛苦，我都會活著，為了死去的人，為了小夭，為了你。我要親口告訴小夭一切，讓她知道她的爹爹是世間最偉大的英雄。」

漸漸地，桃花越來越多，從阿珩身周瀰漫開去，整個曠野上都是桃花在飛舞，紛紛揚揚、飄飄灑灑，覆蓋住了屍體，好似一場雪祭。

桃花一片、又一片散入地下，帶著地上的泥土猶如波濤一般翻湧起伏。翻湧的泥土漸漸地掩埋住了魑、魅、魍、魎、風伯……所有的屍體都被深深埋入地下，消失不見。

不一會，荒蕪的大地上長出無數桃樹，漸漸變成了一片鬱鬱蔥蔥的桃林，在藍天下恣意張揚，鮮豔熱烈，充滿勃勃生機。

阿珩緩緩走入桃林中，一手放在心口，一手溫柔地撫摸過每一株樹幹。

蚩尤，這就是你為我建造的家嗎？

那我就在這裡和你永世廝守，再不離開。

一襲瘦弱孤單的青色身影，在桃花林中，蹣跚而行，越去越遠，漸漸地融入了桃花海中，消失不見。

只有，千樹萬樹桃花，灼灼盛開，輝映天地。

黃帝大敗蚩尤後，登臨神農山頂，一統中原。

雖然神農境內，仍有共工、刑天一些堅決不肯投降的神農遺民，舉著神農舊國的旗幟，率領著殘部反抗黃帝，可畢竟大勢已定，零星的反抗不可能匡復神農國。

一年又一年，時光流逝，匆匆已是數百年。無數男兒的鮮血，無數女子的眼淚，都消失在時間的灰燼中，不管再轟轟烈烈，再慷慨悲壯，不過是化作了典籍中的短短幾行文字，被所有人遺忘。

只有，赤水之北，千里荒漠中的風聲永遠不變，幾百年，一年又一年，嗚嗚咽咽地颳過大地。

傳說，在那無人到達的荒漠中央，生長著一片茂盛的桃林，住著一隻面容可怕的妖怪。每當夜幕低垂時，總會有一個青色的身影，在桃林中踽踽而行，撫遍每一株桃樹，咿咿呀呀著沒有人能聽懂的話。

平日裡都風平沙靜，過往的商旅很安全。可每當春滿大地，桃花盛開時，會天氣突變，黃沙漫天，風聲嗚咽，好似哭泣，但只要旅人跟隨著心跳的節奏敲起鼓，就能倖免於難。

於是，每年的春天，風煙滾滾，沙塵漫漫時，在那如泣如訴的風聲中，總是有咚咚的鼓聲傳來，鏗鏘有力，猶如男子心臟的跳動。

咚咚、咚咚、咚咚……

黃沙漫漫，冷漠荒涼。

時光漫漫，冰冷無情。

思念與日俱增，痛苦漫長得沒有盡頭。

無數個日日夜夜，唯一能讓我活下去的溫暖就是一遍遍回憶你，可回憶越真切，思念就越噬骨，痛苦就越椎心，原來那一次次纏綿的相擁，最後只能隔著生死遙望。

曾經我想和你一起追尋世間一切美妙的聲音，可在你離去之後，我才明白，世上最美妙的聲音，就是你柔聲喚我「阿珩」。但現在，不管我多麼悲傷的哭泣，都再聽不到你一聲溫柔的輕喚。

曾經我想和你一起暢遊天下，可當世間只剩下我一個時，我才明白，你就是我的天下，世間最美的景色，就是你的笑顏。但現在，不管我多麼痛苦地呼喚，都再看不到一次你的笑顏。

曾經你總是喜歡強把我拽入懷，讓我伏在你胸口，聽著你堅實的心跳。而現在，那顆本來屬於你的心，卻在我胸口跳動。明明近在咫尺，朝夕相伴，可又遠隔生死，無法觸碰，我永不可能再聆聽到一次你堅實的心跳。

思念猶如毒草，日日啃噬著我，痛苦猶如利刃，夜夜戳割著我。

灼灼桃花盛開時，我的思念和痛苦無處可去，所以——

我捲起了漫天狂風、漫天黃沙，只是為了聽一次你的心跳。

咚咚、咚咚、咚咚……

關於黃帝與蚩尤的大戰，流傳下來的記載十分含糊，說黃帝與炎帝的戰爭是七戰七勝，之後，和炎帝下屬蚩尤的戰爭卻是九戰九敗。眼看著正義的黃帝就要敗給凶殘的蚩尤，最後卻靠著自己的女兒，奇蹟般地反敗為勝，不知何原因，天女魃成為了凶惡的旱魃，不能再回到神族，記曰：「有人衣青衣，名曰黃帝女魃。蚩尤作兵伐黃帝，黃帝乃令應龍攻之冀州之野。應龍蓄水，蚩尤請風伯、雨師，縱大風雨。黃帝乃下天女曰魃，雨止，遂殺蚩尤。魃不得復上，所居不雨。叔均言之帝，後置之赤水之北。」（《山海經・大荒北經》）

關於炎帝神農氏的女兒，傳說宣山上有一種桑樹，因為炎帝的女兒在此桑樹上烈焰加身，追隨雨師赤松子，升天而去，因而被叫做帝女桑，記曰：「又東五十五里，曰宣山……其上有桑焉，大五十尺，其枝四衢，其葉大尺餘，赤理、黃華、青柎，名曰帝女之桑。」（《山海經・中山經》）

——曾許諾〔卷四〕桃花落，生別離（終曲）　卷終

曾許諾 卷四 桃花落，生別離（終曲）

茶蘼坊22

作　　者　桐　華

**野人文化股份有限公司**
社　　長　張瑩瑩
總 編 輯　蔡麗真
責任編輯　吳季倫、蔡麗真
校　　對　仙境工作室
美術設計　yuying
封面設計　周家瑤
行銷經理　林麗紅
行銷企畫　李映柔、蔡逸萱

出　　版　野人文化股份有限公司
發　　行　遠足文化事業股份有限公司（讀書共和國出版集團）
地址：231新北市新店區民權路108-2號9樓
電話：（02）2218-1417　傳真：（02）8667-1065
電子信箱：service@bookrep.com.tw
網址：www.bookrep.com.tw
郵撥帳號：19504465遠足文化事業股份有限公司
客服專線：0800-221-029
法律顧問　華洋法律事務所 蘇文生律師
印　　製　成陽印刷股份有限公司
初　　版　2012年6月
二版1刷　2023年10月




歡迎團體訂購，另有優惠，請洽業務部（02）22181417分機1124

國家圖書館出版品預行編目資料

曾許諾. 卷四, 桃花落,生別離(終曲)/桐華著. -- 二版. -- 新北市 : 野人文化股份有限公司出版 : 遠足文化事業股份有限公司發行, 2023.10
面；　公分. -- (茶蘼坊 ; 22)
ISBN 978-986-384-949-0 (平裝)
ISBN 978-986-384-945-2 (EPUB)
ISBN 978-986-384-944-5 (PDF)

857.7　　112015572

廣 告 回 函
板橋郵政管理局登記證
板 橋 廣 字 第 143 號

郵資已付 免貼郵票

野人

23141
新北市新店區民權路108-3號6樓
野人文化股份有限公司 收

請沿線撕下對折寄回

野人

書名：曾許諾〔卷四〕桃花落，生別離（終曲） 書號：0NRR4022

野人

# 野人文化
# 讀者回函卡

姓　名　　□女 □男　生日

地　址

電　話 公　　宅　　手機

Email

學　歷 □國中(含以下) □高中職 □大專 □研究所以上
職　業 □生產／製造 □金融／商業 □傳播／廣告 □軍警／公務員
□教育／文化 □旅遊／運輸 □醫療／保健 □仲介／服務
□學生 □自由／家管 □其他

◆你從何處知道此書？
□書店 □書訊 □書評 □報紙 □廣播 □電視 □網路
□廣告DM □親友介紹 □其他

◆你通常以何種方式購書？
□逛書店 □網路 □郵購 □劃撥 □信用卡傳真 □其他

◆你的閱讀習慣：
□百科 □生態 □文學 □藝術 □社會科學 □地理地圖
□民俗采風 □休閒生活 □圖鑑 □歷史 □建築 □傳記
□自然科學 □戲劇舞蹈 □宗教哲學 □其他

◆你對本書的評價：(請填代號，1.非常滿意 2.滿意 3.尚可 4.待改進)
書名____封面設計____版面編排____印刷____內容____
整體評價____

◆你對本書的建議：